||||| **Deutschland extrem**
Reisen in eine unbekannte
Republik |||||||||||||||

||||| **Deutschland extrem**
Reisen in eine unbekannte Republik |||||||||||||||

Herausgegeben von
Alex Rühle und Sonja Zekri

Verlag C.H.Beck München

Satz: Fotosatz Janß, Pfungstadt
Druck und Bindung: Friedrich Pustet KG, Regensburg
Gedruckt auf säurefreiem, alterungsbeständigem Papier
(hergestellt aus chlorfrei gebleichtem Zellstoff)
Printed in Germany
ISBN 3 406 50976 2

www.beck.de

Inhaltsverzeichnis

Vorwort

Der älteste Rekord der Welt, dem zufolge die dümmsten Bauern die größten Kartoffeln ernten, ist zwar ein Doppelrekord, würde aber in der grausamen Welt der Guinnessologen dennoch nichts zählen. Wie groß waren denn die Kartoffeln genau, würde es dort heißen. Und wie dumm die Bauern? Wie hoch war ihr IQ hinter dem Komma? In welcher Zeit haben sie die Kartoffeln geerntet, und wo ist die Abschrift des beglaubigenden Kartoffelbegutachters? Die Tatsache, daß die minderbegabten Bauern in unserem kleinen Sammelband wahrscheinlich sofort Aufnahme gefunden hätten, ist bezeichnend für die Art dieser Texte: Es ging nicht so sehr um Zahlen, Fakten und Extreme, sondern – ja um was eigentlich?

Zunächst mal geht es in «Deutschland extrem» jedenfalls nicht um Eiligsprechungen; um Höchstleistungserfinder und Zahlenanbeter, die irgendein noch unentdecktes, ziellos vagabundierendes Eroberergen dazu treibt, relativ zweckfrei in 14,35 Sekunden drei Liter Milch zu trinken oder 150 Stunden lang Ski zu fahren, ohne zu schlafen. Solche Menschen gibt es tatsächlich, und sie scheinen sogar den Mitarbeitern des Guinnessbuches selbst immer unheimlicher zu werden, klagen die doch inzwischen, «daß die Deutschen das Aufstellen von Rekorden sehr ernst nehmen; manchmal fehlt da ein wenig der Spaßfaktor».

Nun ist «Spaßfaktor» zwar eines der Wörter, die man getrost einmal bei der «Sprachkritischen Aktion ‹Unwort des Jahres»» einschicken müßte, jenem obskurantistischen Verein, der am Ende jedes Jahres mit öder Regelmäßigkeit irgendeinen Anglizismus als häßlichstes aller Wörter aus dem Haus der deutschen Sprache fegen möchte. Aber all den Extremen, die hier untersucht wurden, ist doch gemeinsam, daß die Autoren ihrem Thema innig verbunden waren. «Oh», sagte Juli Zeh, «nach Bautzen will ich schon, seit ich gehört habe, daß die da das BGB auf sorbisch haben.» Sprach's und fuhr nach Bautzen, der deutschen Stadt mit der größten autochthonen fremdsprachigen Bevölkerung. Was kaum einer weiß, denn die Sorben setzen sich nicht 167 Tage lang auf einen Pfahl oder wenden einen Eierkuchen 416mal, sie üben überhaupt keinen dieser Rekorde, die nur zum Ausdruck bringen, wie flehentlich sich ihre Inhaber doch danach sehnen, etwas Eigenes, Unverwechselbares, den anderen Erinnerliches zu vollbringen. Die Sorben reden einfach sorbisch und verhalten sich sonst ruhig.

Es geht hier um stille Extreme, um eine unauffällige Blütenlese am Boulevard des deutschen Alltags. Wer schon einmal durch Würzburg ging, dem wird es kaum aufgefallen sein, daß man hier – sieht man einmal von Baden-Baden ab – so viele Frauen trifft wie nirgends sonst in Deutschland.

Kaum eines der hier vorgestellten siebzehn Extreme von Zwickau bis Köln scheint mühsam errungen. Mühelos, fast selbstverständlich stellen sich diese Rekorde ein. Selbst die längste Bratwurst der Welt, die in Franken beheimatet ist, scheint nicht aus echtem Leistungswillen, sondern aus einer Laune heraus entstanden zu sein, als sei sie organisch gewachsen. Hier bin ich Wurst, hier darf ich's sein.

Die Justizvollzugsanstalt Berlin-Tegel hat sich nicht darum bemüht, der größte Knast der Republik zu werden, ja, der Status bringt sogar erhebliche Probleme mit sich. Und Rothenburg ob der Tauber mag seinen ganzjährigen Weihnachtsmarkt nicht einmal als etwas Besonderes empfinden.

Um so mehr stellt sich die Frage: Was ist deutsch an «Deutschland extrem»? Die einfache Antwort könnte lauten: alles. Da sie nun einmal in Deutschland entstanden sind, müssen sie zwangsläufig deutsch sein. Viele der Rekorde haben antizipierenden Charakter. Sie sind die Spitze einer Kurve, der dickste Happen einer Tortengrafik, das stärkste Votum einer Umfrage und geben den Betrachtern eine Ahnung von künftigen Entwicklungen. In einer Zeit, in der wir über die Vergreisung der Gesellschaft sprechen, führt uns Thomas Brussigs Ausflug nach Zwickau, in die demographisch älteste Stadt Deutschlands, und hier vor Augen, wie es eines Tages auch im Rest der Republik aussehen könnte: «Apotheken gibt's en masse, auch die Ladendichte bei Hörgeräten und Orthopädieartikeln ist gut entwickelt. Der Bestattungsunternehmer war nie ans Telefon zu kriegen (brachte wahrscheinlich ständig Leute unter die Erde), die Betreiber von privaten Pflegediensten sollen die schönsten Häuser bewohnen, Taxifahrer wissen ihrer Kundschaft ‹Kurfahrten› auf Krankenkasse schmackhaft zu machen, und der Bauleiter Michael Glös erklärt: ‹Was hier wie verrückt gebaut wird, sind Pflegeheime und Krankenhäuser.›»

Einige Rekorde entstammen den vielfach geprüften Statistiken des fünfbändigen «Nationalatlas Bundesrepublik». Andere, wie etwa Jochen Schmidts Reportage über den härtesten Wohnungsmarkt der Republik in Stendal, waren nirgends verzeichnet und mußten erst mühsam destilliert werden, und dann gibt es noch Besonderheiten – wie das größte Bordell, das Steffen Kopetzky in Köln besuchte –, die breiteren Kreisen kaum bekannt sein mögen.

«Die Karte der Menschheit ist an Völkerkunde ungemein erweitert. Wieviel mehr Völker kennen wir als Griechen und Römer? Wie kennen wir sie aber? Von außen durch Fratzenkupferstiche und fremde Nachrichten, die den

Kupferstichen gleichen, oder von innen durch ihre eigene Seele, aus Empfindung, Rede und Tat? So sollte es sein, und so ist's wenig.» Wir haben uns Herders Rat zu Herzen genommen und deutsche Schriftsteller, Journalisten und Publizisten ausgeschickt in deutsche Lande mit der Auflage, die seltsamen Völker zwischen Bayern und Mecklenburg nur mit der eigenen Seele zu erkunden. So haben sie die größte Müllkippe der Republik genauso durchwühlt wie das kilometerlange Lauscharchiv auf dem Brocken, wo sich deutsch-deutsches Mißtrauen aus Jahrzehnten abgelagert hat; haben im größten – und vielleicht auch traurigsten – Seemannsheim Deutschlands den fragmentarischen Erinnerungen einiger alter Matrosen zugehört und in der ältesten Jugendherberge den ganz speziellen Jugendherbergskannenfrüchteteeflair geprüft. Wer mit Fratzenkupferstichen von den Beforschten heimkam, wurde mit Guinnesslektüre nicht unter zehn Seiten bestraft. So ergibt sich am Ende eine Mischform aus empiriegesättigter Reportage und Feuilleton, Texte, die über dieses Land reflektieren, ohne je die Bodenhaftung zu verlieren.

1

Fabrik für Sicherheit

Das größte Gefängnis der Republik liegt in Berlin-Tegel *Von Martin Z. Schröder*

Um halb sechs am Sommermorgen atmet sich's leicht. Berlin krabbelt unter einer bläulichen Decke hervor. Rote Ampeln sehen aus wie entzündete Pickel. Die Menschen sind allein unterwegs.

Joachim Huntzicker geht mit langen Schritten aus dem Haus. Er ist groß und breitschultrig, sein schwarzes Haar ist von weißem durchsetzt, ebensolche Augenbrauen, eine schmale Brille. Sieht aus wie ein Arzt oder Anwalt. Im Auto kommt er sofort zur Sache: «Wir machen kein Tütenkleben und so'n Murks. Wer bei uns arbeitet, hat auch Geld.»

«Wieviel verdient man da so?»

«250 bis 280 Euro im Monat. Davon geht natürlich noch was ab. Die Rücklage für die Entlassung zum Beispiel, und die meisten haben Schulden.»

Während der Fahrt erzählt Huntzicker, wie er an seine jetzige Arbeitsstelle geraten ist. Beim Turbinenhersteller Borsig war er achtzehn Jahre lang Hochdruckrohrschlosser. Die unsichere Situation der Industrie bewog ihn vor zwanzig Jahren, auf eine Stellenanzeige zu antworten, Beamtenanwärter wurden gesucht.

Wir fahren unter dem Ausläufer vom Autobahnkreuz Reinickendorf hindurch in die Seidelstraße. In der Justizvollzugsanstalt Berlin-Tegel wohnen 1700 Gefangene. Offiziell gibt es nur 1536 Plätze. Der Ausländeranteil der Gefangenen beträgt ein gutes Drittel, und die Nichtdeutschen kommen aus über sechzig Staaten. 537 Beamte des Allgemeinen Vollzugsdienstes bewachen die gefangenen Männer. In fünfzehn Handwerksbetrieben arbeiten über 900 Inhaftierte. Der Rest zählt die Tage, die Arbeitslosenquote liegt bei vierzig Prozent.

In der Besucherschleuse guckt ein Uniformierter in meine Tasche. «Och, nur Frühstück.» Draußen nimmt Huntzicker mich wieder in Empfang. Jetzt trägt er ein Bund mit fünf langen Schlüsseln. Ich muß mir alle Türen aufhalten lassen, als hätte ich keine Arme, denn hier werden Klinken durch Schlüssel ersetzt. Wir gehen durch die 1898 als Königliches Strafgefängnis eröffnete Stadt der Gefangenen, die man gewöhnlich nur als Verurteilter oder im Internet unter der Adresse *www.planet-tegel.de* besuchen kann. Sie ist um die Kirche mit den zwei Türmen herumgebaut und erinnert an eine Fabrikanlage. Über hundert Jahre alte Backsteinhäuser und acht Etagen hohe Trakte, zwanzig Jahre alt. Ein Politiker würde vielleicht sagen, daß hier Sicherheit produziert wird. Wir wenden uns nach links, wieder durch ein Tor, nach rechts. Die Müllabfuhr ist gerade unterwegs, sie braucht bestimmt eine Stunde durch das Gefängnis. Ich verliere die Orientierung, aber hier geht niemand verloren. Eine 1327 Meter lange Mauer umspannt etwa 130 000 Quadratmeter Knast, die Größe von vierzehn Fußballfeldern. Die Wachen auf den Türmen tragen Schußwaffen.

In der Halle mit den Maschinen hängt das Aroma von Öl. Am Büro umschreiben zwei Schilder die Arbeit der Beamten: «1. Hilfe- & Wickelraum» und «Betteln und Hausieren verboten!». Joachim Huntzicker ist der Bereichsleiter Blechbau/Bauschlosserei in der Abteilung Be- und Verarbeitung Metall. Jetzt geht er sich erst mal umziehen – graue Uniform. «Übrigens ist das auch die größte deutsche Gefängnisschlosserei», sagt er. «Zwischen sechzig und achtzig Gefangene, ein Drittel davon in unserem Bereich.»

«Ist vielleicht eine Standardfrage, aber wieso gibt es ausgerechnet im Gefängnis eine Schlosserei?»

Huntzicker beißt von einer Möhre ab. «Einen Schlüssel können Sie auch aus Holz schnitzen», sagt er. «Aber wie weit würden Sie kommen?»

«Und die Sägen hier?»

«Sieben Stück. Die müssen in der Pause und nach der Arbeit wieder vollzählig hier im Büro sein. Mit Sägeblättern.»

Um halb acht schlägt Huntzicker vor, daß wir uns das Eintreffen der Arbeiter ansehen. Hunderte Gefangene verlassen die Häuser mit den Zellen und streben in die Anstaltsbetriebe. Graue Gesichter mit Tränensäcken, schlotternde Blaujacken, tätowierte Muskelprotze.

«Gibt es eigentlich eine Altersgrenze?» erkundige ich mich, als ein gebeugter weißhaariger Mann vorbeischlurft.

«Nö. Bevor die Leute in der Nase bohren, können sie auch in der Schlosserei bohren. Waldi ist 68. Gehört zum Inventar.»

«Warum?»

«Weißt du, warum Waldi hier ist?» fragt Huntzicker seinen Kollegen.

«Betrug, glaube ich. Hat es draußen nie länger als vierzehn Tage ausgehalten, sitzt 'ne Sicherheitsverwahrung ab.»

«Wir befassen uns nicht mit den Delikten», sagt Huntzicker. «Das ist nicht unsere Aufgabe. Kommen Sie mit auf die therapeutische Runde?»

«Die was?»

«Damit auch gearbeitet wird. Man muß morgens immer ein bißchen anschieben.»

Zwei kräftige Männer stehen auf, als sie des Beamten ansichtig werden. Sie schweißen einen Fensterrahmen zusammen. Der nächste baut ein Schuhregal. Huntzicker gibt Anweisungen. Ein Graukopf arbeitet an einem Käfig. Ein Beamter kommt dazu. «Wat wird'n dit?»

«Na, für'n neuet Eichhörnchen», sagt Huntzicker. «Dit alte is an Vitaminmangel jestorben. Weeßte, warum?»

«Nee.»

«Weil wir et mit dem Dank der Kollegen jefüttert ham.»

Ein Berliner verzieht keine Miene, wenn er scherzt. «Nee», fährt er fort, «das ist ein Affenaufzuchtkäfig für den Berliner Zoo. Wenn Mütter ihre Kinder ablehnen, nimmt ein Pfleger die mit nach Hause.»

Weil der Käfigaufsatz an zwei Stellen verzogen ist, packt er selbst an, nimmt Schweißgerät und Hammer. «Das kann man nicht erklären, ist ein Erfahrungswert, warum man gerade an der einen Stelle den Stahl erwärmt und an der anderen kloppt.» Er bespricht mit dem Arbeiter, wie der Aufsatz zu montieren ist, dann gehen wir weiter. «Wenn ich den Mann frage: Wie würden Sie das machen?, dann denkt der Gefangene mit und ist motiviert.»

Ich sage, daß ich es makaber finde, wenn Gefangene einen Käfig bauen.

«Ich finde es makaber», sagt Huntzicker, «wenn Gefangene die eigenen Fenstergitter bauen.» Ein Arbeiter verschweißt Vierkantstäbe, in denen sich ein loser runder Stab aus Hartmanganstahl befindet. Keine Säge kann ihn greifen.

An den Stanzmaschinen motiviert das Erscheinen des Meisters, sich von den Stühlen zu erheben.

«Gibt's eigentlich Leistungsnormen?»

«Wurde mal drüber nachgedacht, aber die Leute sind so unterschiedlich qualifiziert. Die meisten der Gefangenen haben draußen keine Arbeit, da ist es schon was wert, wenn man sie überhaupt an diese Regelmäßigkeit wieder heranführt.»

Die Schlosserei bekommt viele Aufträge vom Land Berlin. Mehr als 1500 der rot-weißen Gitter für die Absperrungen bei Staatsbesuchen wurden hier gebaut, der Energiebetrieb läßt Zeltgestänge für die Straßenarbeiten anfertigen, Senat und Verwaltung geben Aktenkarren in Auftrag, Bezirksämter ordern Fahrradständer und Rollstuhlrampen, im Museum für Verkehr und Technik steht die Eisenbahnabteilung auf Fundamenten aus der Tegeler Gefängnisschlosserei, Leitern, Treppen, Türen, Tore wurden hier produziert, die Zäune am sowjetischen Ehrenmal an der Straße des 17. Juni kommen aus Tegel, Grundschüler packen ihre Ranzen in Tegeler Schränke. Fünfhundert bis achthundert Aufträge vom Einzelstück bis zur Massenware werden pro Jahr in die Auftragskladden der Schlosserei eingetragen. Betriebswirtschaftlich ist der Umfang der Arbeit noch nicht zu beziffern, weil erst seit diesem Jahr ein Geschäftsführer hier arbeitet. Der Öffentliche Dienst als Kunde zahlt nur die Materialkosten. Der Lohn von 7,60 bis 12,66 Euro pro Tag für die Gefangenen wird aus dem Landeshaushalt finanziert, ebenso die Einkommen der Beamten. Etwa 2400 Euro netto verdient ein Bereichsleiter.

Wir gehen zu einem Haus, wo früher Inhaftierte mit geistigen Schäden eingesperrt waren, hier entstehen neue Zellen. Die Fenster werden auf Weisung der EU-Menschenrechtskommission vergrößert. Huntzicker wird respektvoll gegrüßt. Die Arbeiter behandeln ihn wie den Meister in einem gewöhnlichen Betrieb. «Es kommen auch Knackis ins Büro und reden. Ist schon eine Art Vertrauensverhältnis, aber in Grenzen. Wenn einer zu mir sagt, er möchte mal wieder 'ne Bulette von draußen essen, ob ich eine mitbringe, dann ist das etwas, was sicherlich überhaupt gar nicht stattfinden wird. Es klingt vielleicht blöd, aber ab und zu wird man herausgefordert zu zeigen, daß man der Leitwolf im Rudel ist.»

«Hat Sie die Arbeit verändert?»

«Man glaubt weniger. Also nicht bei Frau und Sohn, aber allgemein. Wenn hier einer sagt, er hat um zehn einen Arzttermin, und verschwindet, und ich rufe beim Arzt an, dann höre ich, der Termin ist um zwölf. Man muß alles kontrollieren. Wir müssen auch daneben stehen, wenn ein LKW beladen wird, damit keiner reinklettert oder sich unten dranhängt. Ja, das hat mich verändert. Es ist eben keine normale Schlosserei.»

Mittags strömen die Arbeiter zurück in ihre Häuser. «Wir haben 45 Minuten Versorgungszeit», erklärt Huntzicker. «Die Gefangenen essen Mittag, wir machen auch Pause.» Er schaltet den Ventilator ein, der kreischt. «Am Öl kann's nicht liegen, ist keins dran.» Der Ventilator verstummt beleidigt. Huntzicker zieht sich einen zweiten Stuhl ran und legt die Beine hoch. «Nennt man die Umbettung eines Beamten. Probieren Sie mal!» Das Telefon unterbricht. Huntzickers Idee, die Produkte der Gefängnisbetriebe in einem Laden anzubieten, stößt auf reges Interesse. Jede Möglichkeit, Geld in den Haushalt zu spülen, muß genutzt werden. «Teddybären vom Feinsten, mit Stimme und angezogen, aus der JVA Frauen in Lichtenberg», erläutert er dem Anrufer das Angebot. Mir zeigt er es nachmittags: Stücke wie aus dem Designkaufhaus: Büromöbel, ein Glastisch, ein möbliertes Puppenhaus, ein hölzernes Schaukelpferd, Stahlschränke aller Art, feine Buchbindereiartikel. Alles viel billiger als draußen. «Eigentlich machen Sie hier die Resozialisierung, oder? Wo es am wenigsten nach Knast aussieht. Wie oft kommen die Sozialarbeiter vorbei?»

Huntzicker fragt den Kollegen: «Kannst du dich erinnern, wann das letzte Mal ein Sozialarbeiter hier war?»

«Nee.»

«Ich auch nicht. Wir fragen uns aber, warum die sozialen Dienste ihre Angebote in der Arbeitszeit machen und nicht danach. Am Nachmittag wäre ja auch noch Zeit. Genauso die Ärzte. Die kommen am Vormittag. Das geht doch draußen auch nicht, daß Sie in der Arbeitszeit immer zu irgendwelchen Stellen gehen.»

Eine Stunde vor Schluß, um halb drei, bringt Huntzicker mich zur Pforte, damit ich nicht in den Stau komme, wenn Hunderte Bedienstete nach Hause wollen. Die Menschen draußen gehen schneller. Sie haben weniger Zeit als die Einwohner der Gefängnisstadt. Niemand paßt auf sie auf, keiner trägt riesige Schlüssel.

2

IIIIIIIII **Von Mainmücken und Lüsterweibchen**
Deutschlands größter Frauenüberschuß herrscht in Würzburg ***Von Sibylle Lewitscharoff*** IIIIIIII

Kopfscheu Vieles, was der Fall ist, kümmert die Menschen nicht. In Würzburg ist der Fall, daß dort auf 100 einwohnende Frauen 85,6 Männer kommen. Das macht aber niemanden in Würzburg kopfscheu, nicht einmal den einen, beunruhigend unvollkommenen Mann hinter dem Komma. Die Würzburger wissen es nicht und leben damit ganz ruhig. Redet man ihnen davon, reagieren sie, als käme man ihnen mit der Neuigkeit, daß Hühner Eier legen.

Ferndiagnosen Den Frauenüberschuß hat Würzburg mit Baden-Baden und Hildesheim gemein, wobei er in Baden-Baden geringfügig größer ist. Trägt man den Sachverhalt in ein Berliner Wirtshaus und bittet die Leute um eine Erklärung, legen sie sofort los mit ihren Ferndiagnosen: «In Baden-Baden wimmelt es von vermögenden Witwen. Ist der letzte Kurschatten über sie hinweggeglitten, begeben sie sich in die Hände von Frauen, die sie umsorgen.» – «Der Baden-Badener Frauenüberschuß öffnet sich in eine soziale Schere!» Und was ist mit Hildesheim? Eine Romantikerin glaubt, in Hildesheim schlage der tausendjährige Rosenstock die Frauen in ihren Bann. Es gebe viele Junglehrerinnen in Hildesheim, sagen die Realisten. Eine boshafte (weibliche) Stimme gefällt sich im Ausmalen einer speziellen Hildesheimer Trübsal. Die Hildesheimer Frauen litten an ihr in kleinen, aber immerwährenden Dosen. Jeder vernünftige Mann zöge aus der Stadt weg. Die Frauen aber seien grämlich und aus Grämlichkeit seßhaft.

«Das Schwirren weiblicher Selbstgespräche erzeugt über Hildesheim eine akustische Wolke», behauptet ein passionierter Ballonfahrer. Jemand erinnert an die Hildesheimer Prähistorie. Das veranlaßt die Männer, ihre Gläser zu lüpfen: «Männer werden weggeschwemmt! Frauen an der Feuerstelle zurückgelassen!» «Natur ist natürlich, Kunst künstlich, und der Rest teilt sich auf in männlich und weiblich», sagt einer, der bis jetzt noch gar nichts gesagt hat. Diese wenigen Beispiele zeigen den zweifelhaften Wert von Ferndiagnosen. Ich beschließe, nach Würzburg zu fahren.

Eine Mutter Bevor ich losfahre, spreche ich noch mit einem gebürtigen Würzburger. Alle Würzburgerinnen seien wie seine Mutter, sagt er, und dabei werden seine Augen klein wie Ameiseneier.

Eugeniker Eine unsichere Forscherin, wie ich es bin, klammert sich gern an einen Großen, wünscht, in dessen Fahrwasser zu einer leuchtenden Aussage zu kommen. Francis Galton, Vater der englischen Eugenik und Statistik, beherrscht meine Gedanken. Mit seinem methodischen Eifer traktierte er alles, was ihm vor die Flinte kam, zum Beispiel die Wirksamkeit des Gebets. (Unwirksam, so seine Schlußfolgerung.) Sein an den Irrsinn reichendes Gedächtnis wäre mit den Würzburgern spielend fertig geworden. Galton konnte eine Vielzahl von Merkmalen – Körpergröße und -umfang, Farbe der Augen und Haare, Nasen, Stirnen, Münder, Kleider, Hüte, Schirme, Taschen, Frisuren – von hundert Menschen oder mehr im Gedächtnis behalten, die ihm während eines Spazierganges begegneten. Seine Gänge endeten regelmäßig damit, daß er die Merkmale in Listen eintrug. Francis Galton hatte sein Gedächtnis zu einer großen Registriermaschine erzogen, die, wenn er nicht schlief, ihren unerbittlichen Dienst versah. (Wäre es nicht gerecht, an den Würzburgern, die früher Werner Heyde beherbergten, den Leiter des Euthanasieprogrammes, einen Ordinarius für Psychiatrie und mitschuldig am Tod von hunderttausend Menschen, wenigstens zum Spaß ein bißchen eugenisch-statistisch herumzubohren?)

Gut verhaftet Manchmal bringt die Wirklichkeit zuwege, daß sich gewisse Überspanntheiten sofort legen. Wer in Würzburg am Bahnhof aussteigt und in die Stadt läuft, gewährt seinem Ideenhimmel Frieden. Überall hat man den Blick auf Rebhügel; die Stadt sitzt gut verhaftet am Boden einer grünen Mulde. Ein niedergebauter Korpus, über den sich Kirchtürme in großer Zahl erheben. Seine Gediegenheit flößt Vertrauen ein. Eine Verzögerung der unabänderlichen Ordnung ist zu bemerken, die sympathisch ist.

Fehlende Haltestangen Wer möchte einer Stadt übelwollen, in der die Straßenbahn in Kuhfängerbreite ganz langsam um die Kurve biegt? Eine Bahn, auf die man mühelos aufspringen könnte, gäbe es die äußeren Haltestangen noch.

Nichts auszusetzen Eine Frau mit wulstigem Genick läuft vor mir her. Eingefaßt vom runden Ausschnitt eines geblümten Kleides, sehe ich nur noch dieses panzerhafte Fleischrelief. Obwohl ich im Vergleich zu Galton das Gedächtnis einer Mücke habe, bin ich in der Lage, dieses Merkmal zu speichern. Aber was besagt es über die Würzburgerinnen? Es besagt nichts. Die Würzburgerin ist nämlich durchaus oft hübsch. Die älteren Damen sind recht gepflegt; liebenswürdig und auskunftsfreudig sind sie auch. Es gibt nichts an den Würzburgerinnen auszusetzen!

Kleiderfalten Wer sich vor Augen hält, wie stark Würzburg am 16. März 1945 zerstört wurde, dem kommt es wie ein Wunder vor, daß es als kompakt zusammenhängende Stadt wiedererstanden ist und daß – vielleicht ein noch größeres Wunder – von der früheren Atmosphäre nicht alles verlorenging. Die Zerstörung war so gewaltig, daß die verzweifelten Bürger den Trümmerhaufen zunächst als Mahnmal liegenlassen und die Stadt an anderer Stelle wiederaufbauen wollten. Wie andernorts auch, wurde die schwere Arbeit der Trümmerbeseitigung hauptsächlich von Frauen geleistet. Auf alten Fotos sieht man viele Nonnen darunter. Nonnen mit Schubkarren, Nonnen in der Kübelkette, Nonnen mit Hämmern beim Steineklopfen. Es leben immer noch etwa tausend Nonnen in der Stadt. Man sieht sie radeln oder gehen oder beten. Eine Nonne fällt immer auf, selbst wenn sie bloß geht. Den Tod vor Augen, möchte man den Kopf in den Kleiderfalten einer Nonne bergen.

Regiment geistlicher Herren In der älteren Geschichte Würzburgs deutet nichts auf einen weiblichen Einfluß hin. Bis 1803 war Würzburg ein selbständiger Kleinstaat, regiert von Bischöfen. Würzburg stand fast tausend Jahre lang unter dem Regiment geistlicher Herren. Nicht als Fürstinnen, Schloßherrinnen, Mäzeninnen, ja nicht einmal als bedeutende Konkubinen traten Frauen in Erscheinung. Obwohl die Würzburger Residenz eine der glanzvollsten in Europa war, stellt man sich das Leben bei Hofe etwas spröde vor. Seit wenigen Monaten wird Würzburg von einer Frau regiert. Eine Premiere!

Vereinsleben Wer einen Blick in den Vereinsführer Würzburgs tut, kann sich davon überzeugen, daß es hier rege zugeht. Die Bürger lieben ihre Stadt und mischen sich in alles ein. Weiblicherseits gibt es alles mögliche – Soroptimist International, den Zonta Club Würzburg, die Gesellschaft Deutscher Akademikerinnen, Frauenfrühstücksvereine, Frauenchöre, Pfadfinderinnen, jede Menge Damensport, besonders in den Landkreisen ringsum, und sogar einen Verband der Anonymen Sex- und Liebessüchtigen, die – so lautet das Vereinsziel – sexuelle und emotionale Nüchternheit erlangen wollen. Wäre es nicht schöner, sie würden sexuelle Schüchternheit erlangen?

Pastoralseelsorge Für den ersten Abend bin ich mit Frau Kober-Weikmann von der Frauenseelsorge des bischöflichen Ordinariats verabredet. Sie erzählt von den Exerzitien während der Fastenzeit, von den kuriosen Wechselfällen des Beratungsalltags, in denen mal mehr, mal kaum von Gott die Rede ist. Wer so klug und lebhaft spricht, dem hört man gerne zu. Der seltene Eindruck stellt sich ein, daß hier jemand den richtigen Beruf ausübt, mit Humor, Leidenschaft und einem feinen, keinem zähneknirschenden Gewissen. Die Seelsorgerin führt Gespräche in resonanzerfülltem Raum. Ich stelle mir vor, wie sie einen Menschen dazu verlockt, seine Schritte fester zu setzen. Glücklicher Ort, an dem Seelen so fürsorglich spazierengeführt werden.

Exkurs über eine unglückliche Gemeinde Von allen guten Geistern verlassen scheint mir die St.-Johannis-Kirchengemeinde zu sein. Es dreht sich mir jedesmal der Kopf, wenn ich eine Gemeinde meiner Konfession an einem solchen Tiefpunkt erwische. Von außen ist die Kirche interessant. Zwei markante spitze Türme, die den Eingang in die Zange nehmen. Innen wollte man mit Hilfe einer «Installation» (Fluch über den, der dieses blöde Klempnerwort in der Kunst ausgesetzt hat) an die Armut in der Welt erinnern. Den Eingang verstapelt eine Wand aus Kartonkisten, an denen Bildchen mit Armen kleben. Über dem Pfarrer hängen bunte Plastikfetzen. Der arme Kerl guckt während der Predigt auf seine Kartons und die drei armen Teufel, die sich freiwillig in diesen Strafraum begeben haben. (Böser Rat an die evangelische Kirche: Es war ein Irrtum, euer Abfall, ein schauerlicher Irrtum. Überlaßt Luther den Dichtern und Germanisten. Schlupft so schnell wie möglich unter die lateinrauschenden Flügel der katholischen Kirche, rettet euch zu ihren alten Schätzen, nehmt euren Bach mit, sonst aber laßt alles stehen und liegen; und: tut es unauffällig, nicht im Stile der großen, zu Kreuze kriechenden Konversion.)

Bocksbeutel Zur Erholung ist ein gescheites katholisches Mittagessen fällig. Frauen werden in Würzburg aufmerksam bedient. Der Kellner im Juliusspital bringt ein Fischmesser, guckt drauf, sagt: «Au! Gfallt mir net!», schleppt's weg und bringt lächelnd ein neues. Juliusspital und Bürgerspital sind Stiftungen, die selbst Weinberge besitzen, mit deren Erlös Alte und Kranke gepflegt werden. Sie haben riesige Gasträume, sehr schöne Innenhöfe und sind als Alterssitze begehrt, nicht zuletzt, weil jedem Alten täglich ein Glas Wein aus eigener Bocksbeutelflasche kredenzt wird. Kein Wunder, daß Frauen, die ja sowieso älter als Männer werden, bei dieser zuvorkommenden Behandlung mit dem Sterben aufhören.

Marienfalter Vor der Marienkirche sitzt eine alte Frau und verkauft Schmetterlinge aus Papier. Hübsche Dinger, die sie selbst faltet und an Kärtchen steckt. Sie habe ein Gelübde abgelegt, erzählt sie, vor einer Operation, die sie das Bein hätte kosten können. Das Bein blieb, und so erfüllt sie seit fünf Jahren ihr Gelübde und faltet Schmetterlinge. Schon über zehntausend Mark sind für die Kirche zusammengekommen, das sind über zehntausend Falter, beflügelt von einem zarten und ernsthaften Marienfleiß.

Mainmücken Zeit, sich von Würzburg zu verabschieden. Man tut es am besten, indem man sich in der Dämmerung auf die Alte Mainbrücke zwischen die Brückenheiligen Kilian, Kolonat und Totnan stellt. Kein Zweifel, Würzburg liegt ideal, an einer sanften Flußbiegung. Oben hockt die Festung Marienberg, vor deren altem Rebhang die Uferschwalben Zickzack fliegen. Aber Obacht! Eine bösartige und vollkommen überflüssige weibliche Wolke treibt hier ihr Unwesen. Horden von Mainmücken fallen über die harmlosen Brückengeher her und hinterlassen Verletzungen, die mehr an Tierbiß erinnern als an Tierstich.

Lüsterweibchen Ich komme zu dem Ergebnis: Der Frauenüberschuß in Würzburg ist ein Fall frei von Problemen. Sein Symbol ist das Lüsterweibchen von Tilman Riemenschneider im Mainfränkischen Museum. Aus einem Geweihkronleuchter emaniert es: sterch, hübsch, mit einer ballonförmigen Haube, hält ein Wappen mit schwarzem Stier vor den Bauch und ist so vollkommen überschüssig, daß … ja, was?

3

Niedliche Dinge

In Bautzen leben die Sorben, Deutschlands einzige slawischsprachige Minderheit *Von Juli Zeh*

«Was sind eigentlich Sorben?» frage ich meinen Freund F., der als durchschnittlicher Deutscher von durchschnittlicher Herkunft, Größe und Intelligenz ab und zu als Testperson herhalten muß. «Vielleicht ein Druckfehler», schlägt F. vor, «Serben mit O.» Da die Frage von mir kommt, kann es nicht schaden, an Osteuropa zu denken. «Falsch», sage ich. «Wußtest du, daß es in Deutschland ethnische Minderheiten gibt?» Sicher, meint F.: Bayern, Schwaben und Sachsen.

Jetzt im Ernst. Er soll die vier einzigen Volksgruppen aufzählen, die, auf deutschem Boden beheimatet, ihre eigene Sprache und Kultur pflegen. Zwanzig Sekunden Antwortzeit sind in Windeseile abgelaufen. «Sechs, setzen», sage ich. «In alphabetischer Reihenfolge: Dänen, Friesen, Sinti und Roma, Sorben.»

Wenn man auch Sinti und Roma als jeweils eigene Gruppe betrachtet, umfaßt jede – ein eigentümlicher Zufall – nicht mehr als 60 000 Angehörige. Aber daran liegt es nicht, daß unsere Minderheiten im Bewußtsein der Öffentlichkeit kaum eine Rolle spielen. Spanien weiß, wer die Basken sind. In Griechenland kennt man die Mazedonier und in der Türkei die Kurden. Unter das Wort «Sorben» malt die Rechtschreibprüfung von Word eine rote Schlangenlinie. Minderheiten sind niemals berühmt. Höchstens berüchtigt.

Damit F. etwas dazulernt, fahren wir jetzt dorthin. Wohin? Nach Bautzen. F. schafft es, gleichzeitig Nase, Kinn und Stirn zu runzeln. In Bautzen gibt es ein Oberverwaltungsgericht und «Gelbes Elend», den Stasi-Knast. Auch eine Stadt kann sich nicht immer aussuchen, wofür sie berühmt wird.

«Bautzen ist tausend Jahre alt», erkläre ich, «dazu einer der wenigen Orte in Deutschland, wo du eine Kfz-Zulassung oder eine Baugenehmigung in slawischer Sprache beantragen kannst. Und außerdem ...» Für Kfz oder Haus fehlt Freund F. das Geld. Ich fahre mein schwerstes Statistikgeschütz auf: «... Und in Kürze eröffnet die zweihundertzehnte Kneipe.»

Minuten später brausen wir auf der A 4 Richtung Dresden und Prag. Wir erreichen die Autobahnausfahrt, bevor F. seine Berechnungen der aktuellen Pro-Kopf-Kneipendichte zum Abschluß bringen kann. «Budyšin» steht auf dem Schild. Das Lkw-Aufkommen ist hoch, die Grenze zu Polen und Tschechien nicht weit.

Beim Einfahren in die Stadt lese ich verzückt zweisprachige Straßennamen und informiere F. darüber, welche Wörter «ganz ähnlich wie im Polnischen, Tschechischen oder Kroatischen» sind. F. zählt einstweilen Türme, die mit ihren unterschiedlichen Hauben und Mützen wie riesige Schachfiguren zwischen schanzensteilen Dächern stehen, benagt von den flachen Strahlen der Vormittagssonne. Zwischen spiegelnden Granitgassen windet sich die Spree und läßt sich vom Wind den Rücken massieren.

«Die sagen zum Beispiel *Budi-ssin* statt Bautzen», erklärt die Rezeptionsdame im Hotel, nach ihren slawischen Mitbürgern befragt. «Man spricht es mit weichem *sch* in der Mitte», vermute ich und habe das Gefühl, mich heute überall unbeliebt zu machen. Die Rezeptionistin wird nervös, F. und ich stützen vier harte Ellenbogen auf die Empfangstheke. Sorben verzieren Ostereier in Kratz-, Ätz- oder Wachstechnik, und die unverständliche Sprache wird vor allem von Omis benutzt, allerdings nur zu Hause. Dann Prozessionen zu Ostern, mit Pferden und Trachten. Aber dafür sind wir leider zu früh gekommen. «Sorben sind wie Narzissen», meint F., «es gibt sie nur zu Ostern. Fahren wir heim.»

Hiergeblieben. Wir nehmen einen Stapel Broschüren mit aufs Zimmer, um mit trockenen historischen Fakten die Assoziationen zu verscheuchen, die das Wort «Minderheit» heraufbeschwört: Männer und Frauen in Kniebundhosen und bestickten Kleidern, die entweder niedliche Dinge für den Souvenirladen herstellen oder selbstgenähte Uniformen tragen und Sachen basteln, die man in Schließfächern und Papierkörben deponieren oder unter Autos befestigen kann.

Bereits im 6. Jahrhundert, lernen wir, siedelten slawische Stämme zwischen Ostsee und Erzgebirge. Entgegen ständiger Germanisierungsversuche und Unterdrückung erhielt sich ihre kulturelle Eigenständigkeit in der Lausitz über die Jahrhunderte hinweg. Zu DDR-Zeiten ließ sich ein Volk slawischen Ursprungs schlecht diskriminieren, und so entdeckten die Mächtigen der fünfziger Jahre das eher kapitalismusstämmige Motto: Was du nicht im Kampf erringst, das kaufe ein. Im Rahmen intensiver Förderung wurden sorbische Schulen eingerichtet, wissenschaftliche und kulturelle Institute eröffnet, Theater, Museen, ein Verlag und ein Radiosender gegründet. Nach der Wende erfolgte die demokratische Erneuerung des sorbischen Dachverbands «Domowina». Inzwischen werden Sprache, Identität und Gleichberechtigung von der sächsischen und der brandenburgischen Verfassung geschützt.

Wir beschließen, uns auf die Suche nach dem Leben hinter zweisprachigen Straßenschildern zu begeben. Tapfer weichen wir auf dem Weg nach draußen den ostereierfarbenen Postkartenständern in der Hotelhalle aus.

«Und weiß der Wind nicht mehr wohin / so weht er über Budyšin» – mit hochgezogenen Schultern streifen wir durch mittelalterliche Gassen, in denen die Autos wie Fremdkörper wirken. Bautzen ist es gelungen, das Notwendige zur Sanierung zu unternehmen, ohne die verträumten, Geschichte

atmenden Mauern und Fassaden steril zu übertünchen. Trotz der horrenden Arbeitslosenquote wirkt vom originalgetreu restaurierten Kopfsteinpflaster bis zum öffentlichen Papierkorb alles gepflegt und mit Liebe gestaltet. Zu jeder Turmuhr und jedem Portal gibt es eine Geschichte, wir tauchen ab in die Welt der «Menschen von Staub» (Miltzener) und der «Menschen vom Sumpf» (Lausitzer), springen wie besoffene Flöhe durch die Jahrhunderte und haben schließlich bis zum Mittagessen «vonn vierfüßigen Tieren mite sawrem Krautzkohl» ... so gut wie nichts über Sorben erfahren.

Immerhin: Was uns sorbisch plaudernd in der Fußgängerzone entgegenkommt, sind nicht nur «Omis», sondern ganz normale junge Leute, die in keiner Weise an Ostereier erinnern.

Unser beharrliches Fragen nach dem Befinden der jungen Generation und der Bedeutung der sorbischen Sprache im Alltag erweckt bei den offiziellen Organen der Volksgruppe mehr Mißtrauen als Wohlwollen. Schüchtern drücken wir uns um lebensgroße Trachtenpuppen und Zeitungsständer der täglich erscheinenden «Serbske Nowiny» herum und werden zwischen Institut und Stiftung, Verein und Zentrum hin und her geschickt.

Das alles sei schwer zu beurteilen, es gebe keine Studien zum Thema, jeder Mensch sei anders, die Welt groß und Bautzen klein, und ob wir nicht doch eher nach den Osterbräuchen gefragt hätten? Nein, haben wir nicht.

Als wir endlich zum Sitzen aufgefordert werden, schmerzen die Wangen schon vom Lächeln. Die sorbische Dame uns gegenüber heißt ganz ähnlich wie Jan Smoler, führender Kopf der sorbischen Bewegung im 19. Jahrhundert und Schüler von Hoffmann von Fallersleben. Sie trägt den gleichen Pferdeschwanz wie die Frauen in den anderen Institutionen, guckt aber nicht so streng und findet unsere Fragen nicht ganz so dämlich. «Daß jemand so genau Bescheid wissen will, kommt nicht oft vor», sagt Frau S. und lacht. Wie bei allen Sorben ist ihr Deutsch ohne Akzent – bis auf den schaukelnden sächsischen Tonfall.

Grob wie ein Mosaik aus Kopfsteinpflaster setzt sich das Bild zusammen. In Bautzen mit seinen 40 000 Einwohnern stellen die Sorben nur noch vier bis fünf Prozent der Bevölkerung, in kleineren Gemeinden bis zu fünfzehn Prozent. Als schlimmster Feind der sorbischen Kultur erwiesen sich die Schaufelradbagger: Mehr als fünfzig sorbische Ortschaften ließ der Braunkohleabbau vom Erdboden verschwinden. Zudem wirkt sich die übliche Landflucht junger Leute bei einer Minderheit überproportional aus: Für bedrohte Kulturen ist die Abschaffung von eigenen Kindergärten oder Schulen ein existentielles Problem. Umgekehrt mag bei deutschen Mitbürgern der Eindruck entstehen, die Sorben hätten es – verhältnismäßig gesehen – ohnehin viel besser. Bei einem sorbischen Dramatik-Wettbewerb werden siebzehn Stücke eingereicht und nicht fünfhundert, und auf jeden sorbischen Kinderkopf entfällt rechnerisch ein höherer Anteil Lehrer, Internatsbett oder Kita-Platz. Trotz Fördertopf-Erbsenzählerei halten sich die Spannungen zwischen Deutschen und Sorben aber in Grenzen. Gelegentliche Neonazi-Pöbeleien fallen kaum ins Gewicht, vor allem wenn man bedenkt, daß ausgerechnet Hoyerswerda auch eine sorbische Stadt ist.

«Sorben – ja, aber es darf nicht viel kosten», faßt Frau S. das Programm der Landesregierung zusammen. Aus politischer Sicht stellen Minderheiten vor allem Forderungen – wenn man Glück hat, nach Schulen, wenn man Pech hat, nach einem Staatsgebiet. Eigentlich wäre es höchste Zeit, sich der Möglichkeiten einer bikulturellen Region bewußt zu werden, und zwar nicht nur in touristischer Hinsicht. Die Vorteile von Zweisprachigkeit in Zeiten von Globalisierung und EU-Osterweiterung liegen auf der Hand: Ein Sorbe versteht Tschechisch, Polnisch und die exjugoslawischen Sprachen ohne größere Probleme. Wer ein sorbisches Gymnasium absolviert, ist an der Karls-Universität in

Prag zum Studium zugelassen. Im Rahmen des «Witaj-Programms» werden Tagesstätten und Schulen geschaffen, in denen auch Kinder aus deutschen Familien beim Zusammenleben und -lernen die zweite Sprache spielerisch einüben sollen. Dieses Modell könnte den bundesweiten Versuch, sprachliche Minderheiten von Einwanderern möglichst reibungslos einzudeutschen, um eine interessante Perspektive erweitern. Wenn Sprache und Kultur der Sorben auf diesem Weg einen neuen, überregionalen Stellenwert erhielten, bestünde auch keine Gefahr, das Bewahren schöner Bräuche in blutleere Volkstümelei ausarten zu lassen. Zur Zeit haben experimentelle sorbische Theaterstücke von jungen Autoren kaum eine Chance, in Bautzen zur Aufführung zu gelangen.

Wir beenden den Befragungsmarathon, verabschieden uns herzlich von Frau S. und hinterlassen Spuren feuchter Finger auf der Plastiktischplatte. Draußen massiert uns der Lausitzer Wind den Rücken. «Wenn ich Sorbe wäre», meint F., «würde ich mich jedenfalls ungern auf ein Osterei reduzieren lassen.»

Kokett senkt Bautzen in der Abenddämmerung die Augenlider. Wir vergnügen uns mit der Besichtigung von Öffnungszeiten an hiesigen Kneipentüren: Jede Großstadt würde vor Neid erblassen. F. hat errechnet, daß auf 190 Einwohner je eine Gaststätte kommt. Während wir im «Hardliner» gemeinsam mit den beiden Barkeepern auf die anderen 188 Gäste warten, kommen wir zu einem Fazit. Erstens: Irgendwie ist Bautzen trotz OVG und Gelbem Elend eine gesegnete Stadt. Zweitens: Vielleicht wird Deutschland seine slawischsprachige Minderheit nach der Osterweiterung wirklich zu schätzen lernen. Vielleicht wird man dann, auch ohne Bomben und Separatismus, in Aachen wissen, was ein Sorbe ist. Drittens: Genau das wünschen wir uns.

4

Zu steil für den Sarg

Zwickau ist die demographisch älteste Stadt Deutschlands *Von Thomas Brussig*

Zwickau – Zentrum mit Zukunft! verkündet die Hochglanz-Stadtinfo, und tatsächlich: Zwickau ist die modernste Großstadt Deutschlands. Laut Statistik erreicht Deutschland erst in fünfzehn, zwanzig Jahren Zwickauer Niveau. Was damit gemeint ist? Nun, nennen wir die Dinge beim Namen: In Zwickau erreicht die Rentnerschwemme höchste Pegelstände.

Die Statistik hat ausgefeilte Methoden, um Alterung zu diagnostizieren: Sie interessiert sich nicht für das Durchschnittsalter und auch nicht für den prozentualen Anteil an Rentnern, sondern für die Fähigkeit zur Bevölkerungsreproduktion, indem sie die noch-nicht-reproduktionsfähige und nicht-mehr-reproduktionsfähige Bevölkerung ins Verhältnis zur reproduktionsfähigen Bevölkerung setzt. Dieser Index, das sog. Billeter-Maß, spricht eine klare Sprache: Nirgends ist der Stamm des Lebensbaumes so morsch wie in Zwickau. Es steigen keine Säfte der Jugend mehr auf. Die Alterspyramide wandelt ihre Gestalt, vollführt ein Morphing über die Jahrzehnte: von der Pyramide zum Kegel im Kopfstand.

Doch grau ist alle Theorie. Wenn bald überall Zwickau ist, dann ist ein Blick in die rauhe Wirklichkeit Zwickaus geboten.

Zuerst die schlechte Nachricht: Die «Violetta» hat dichtmachen müssen, die roten Herzen blinken nicht mehr. Aber Apotheken gibt's en masse, auch die Ladendichte bei

Hörgeräten und Orthopädieartikeln ist gut entwickelt. Der Bestattungsunternehmer war nie ans Telefon zu kriegen (brachte wahrscheinlich ständig Leute unter die Erde), die Betreiber von privaten Pflegediensten sollen die schönsten Häuser bewohnen, Taxifahrer wissen ihrer Kundschaft «Kurfahrten» auf Krankenkasse schmackhaft zu machen, und der Bauleiter Michael Glös erklärt: «Was hier wie verrückt gebaut wird, sind Pflegeheime und Krankenhäuser.» Auch das verfallene Schloß Osterstein wird entgegen früherer Pläne kein Hotel, kein Einkaufszentrum, kein Schulungs- und Kongreßzentrum, sondern – ein Pflegeheim. In der neuerbauten Stadthalle, dem größten Veranstaltungsort, läuft tendenziell Volksmusik. Sogar die Zwickauer Fachhochschule folgt dem Grundsatz, daß die Mühle am Bach gebaut werden muß, und bietet – für eine FHW bundesweit einmalig – den Studiengang «Pflegemanagement» an. Kurzum: Es gibt eine große Klientel, die von den Alten lebt.

Die Kinder der Fortysomething gehen weg aus Zwickau – dafür kommen die Eltern. Und die Alten fühlen sich in Zwickau sauwohl. Was man zum Leben braucht, gibt's um die Ecke, der Nahverkehr läuft wie geschmiert, Ärzte gibt's auch mehr als anderswo, die alten Häuser sind aufs allerliebste verputzt und gestrichen, es gibt einen schönen Park mit einem großen Teich, das Umland ist herrlich, und es gibt sogar eine Direktverbindung nach Karlsbad. Zwickau ist ein schöner Ort zum Altwerden.

Vorerst scheint die Alterung kein finanzielles Problem darzustellen, und das hat den Reporter schon überrascht. Bislang ließ sich noch jedes Phänomen beziffern – und wenn von den kommenden Belastungen der Sozialsysteme die Rede ist, geht es immer um Zahlen mit vielen, vielen Nullen. Aber weder im Rathaus noch in der Zwickauer AOK herrschen Untergangsstimmung, im Gegenteil: Die AOK hat sogar die Beiträge gesenkt.

Aber es gibt ja auch Probleme, die mit Geld nicht zu lösen sind. Zum Beispiel die Verslumung der Plattenbausiedlungen, für die keiner eine Lösung weiß.

Die Zimmermanns, Plattenbaubewohner, strotzen nur so vor Rentnerpower. Sie war Stationsschwester, er Bergbauingenieur. Von wegen *war*! Sein Computer ist gerade zwei Wochen alt, und ein paar Stunden pro Woche macht er schon noch für die alte Firma. Als die Zimmermanns vor zehn Jahren heirateten, hätte sie zu ihm in die Lausitz oder er zu ihr nach Zwickau ziehen können. Sie entschieden sich für Zwickau. In ihrem Plattenbau genießen sie eine Idylle «wie auf dem Dorf». Doch da ist ein neuer Nachbar, mit dem es keiner aushält, «echt Assi, der bestellt immer was aus dem Katalog, und wenn das Päckchen da ist, macht er 'n neuen Namen unten dran». Das Haus leert sich allmählich, und auch die Zimmermanns suchen eine neue, schönere, größere Wohnung. Ein weiterer Grund für die Wohnungssuche: Sein Arbeitszimmer (!) ist ihm zu klein (!). Die Maisonette-Wohnung wäre es fast gewesen, aber eben nur fast: «Die Treppe war zu eng und steil für den Sarg.» Helga Nautsch hingegen will gar nicht mehr raus aus ihrem Plattenbau: Seitdem zwei Häuser gegenüber abgerissen wurden, genießt sie einen herrlichen Blick.

Es gibt ein paar Stadtviertel, denen Verslumungsszenarien drohen: zu DDR-Zeiten errichtete Plattenbauten, in denen die damals jungen Erstmieter geblieben sind – weil sie sich dort bis heute wohl fühlen, und zwar mit Vehemenz. Doch das schlechte Image der Platte hat zur Folge, daß die Wohnungen der Wegsterbenden in den letzten Jahren vor allem von sozial schwachen Familien bezogen werden – wodurch die Idylle zum Brennpunkt mutiert, was wiederum manch solventen Alteingesessenen vertreibt. Der Wohnwert leidet, der Leerstand wächst, es wird abgerissen – was den Plattenbausiedlungen um so mehr das Image einer sterbenden Gegend aufdrückt. Ein Teufelskreis.

Wer jung ist und was werden will, geht weg. Und wer

nicht weg will, mit dem ist nicht viel los. Das Stadtzentrum sieht so aus, wie es sich die Aufbau-Ost-Utopisten erträumt haben, umkurvt wird es allerdings von Autos mit Brüllmotoren, quietschenden Reifen und wummernden Bässen. Die über 3000 Studenten der FHW werden in der Stadt kaum wahrgenommen, es gibt kein studentisches Leben, keine Studentenkneipen. Die meisten FHWler gehen in Ingenieurberufe, und das sind nicht unbedingt die spannendsten Studenten. Ja, Weimar hat's gut, die haben Architektur- und Musikstudenten – aber Zwickau? Die Feng-Shui-Diagnose über Zwickau fällt vernichtend aus: «Die Stadt ist vom Bergbau unterhöhlt. Alle Energien fließen ab. Hier entsteht nichts. Wenn mal ein gutes Geschäft aufmacht, dann ist es nach zwei, drei Jahren vorbei. Diese Stadt ist tot.»

Zwickau ist die Stadt der Autolegende. Fast drei Millionen Trabis wurden in den Sachsenring-Werken gebaut. Nach dem Aus des Trabi kam VW und produzierte immerhin mit fast der Hälfte der Sachsenring-Belegschaft Teile für den Polo. Wer bei VW Arbeit hat, verdient nicht schlecht, und auch die Renten in Zwickau sind hoch: Denn erworben wurden die Rentenansprüche durch ein langes DDR-Arbeitsleben, meist als Doppelverdiener und oft sogar mit Sonderzulagen aus dem Bergbau. Zwickau ist deswegen auch die ostdeutsche Großstadt mit dem höchsten Pro-Kopf-Einkommen – und das bei 18 Prozent Arbeitslosigkeit! Doch allmählich wird der Rentnerwohlstand erlöschen: Jene, die seit der Wende ohne Arbeit sind, kommen immer mehr in Rente. Arbeitslosigkeit ist jedoch nicht nur eine Wohlstandsbremse, sie liegt wie ein böser Fluch überm Osten.

In einem sind sich jung und alt einig: Nicht die Alten sind das Problem, sondern die Stehengebliebenen. Die, die nichts mehr annehmen, zumindest nichts, was sie nicht kennen – von früher oder aus dem Fernsehen. Wer in der DDR was war und danach arbeitslos wurde, reagiert auf alles Neue mit Abwehr. Die jüngeren Rentner wirken oft älter – sie haben, schon lange bevor sie Rentner wurden, nicht mehr am Geschehen teilgenommen. Sie sind bereits als Langzeitarbeitslose in eine Lethargie verfallen und «machen nichts mehr mit», wie Klaus Unger von der Arbeiterwohlfahrt feststellt. Die älteren Rentner, die den Schwung aus dem Arbeitsleben ungebrochen ins Rentnerdasein brachten, wirken frisch und auf der Höhe der Zeit. Lothar Reißmann, der Sprecher der Seniorenvertretung, ist so ein Exemplar. Wer den erlebt, hat keine Angst vorm Altwerden. Der frühere Busunternehmer sitzt gelegentlich noch heute am Steuer eines Reisebusses: «Idiotentest gemacht, nun darf ich bis 2005, erst mal.» Dann ist er 74. Und richtig munter wird er, wenn er seine Zwickau-Vision verbreitet: «Wir wollen keine altenfreundliche Stadt, keine behinderten- oder kinderfreundliche Stadt – wir wollen eine lebendige Stadt!»

5

||||||||||||||||||||||||| Im Baumarkt der Lust

Zu Besuch im «Pascha» in Köln, dem größten Bordell Deutschlands *Von Steffen Kopetzky* |||||||

Das «Pascha» besuchte ich zum ersten Mal irgendwann in den frühen Neunzigern. Mein Freund T., mit dem ich mich am Nachmittag auf der Domplatte getroffen hatte, verspürte kurz nach den ersten, rasch irgendwo eingenommenen Gläsern Kölsch Hunger, und als Kölner wußte er natürlich, wo er ihn stillen wollte. In der gekachelten Wurstbude im Untergeschoß des Kölner Hauptbahnhofs bestellte T. eine Currywurst, und ich warf eine einzelne Mark in den Spielautomaten. Als der Wurstbrater die Wurst vom Grill nahm, hatte sich die Mark – ohne mein Zutun – in einhundertvierzig Sonderspiele verwandelt. Die Wurst war zwar bereits aufgeschnitten, aber noch nicht mit Curry bestreut, da hatte der Gewinn schon dreistellige Höhen erreicht, und während T. die Wurst aß und wir dann noch ein Bier tranken, brachte uns jedes Spiel mindestens drei Mark, viele sogar deutlich mehr, es war atemberaubend. Wir gewannen fünfhundert Mark. Ein Vermögen, bestehend aus Zehn- und Fünfzigpfennig-Stükken und zahllosen Fünfern und Zwickeln (mit den Gesichtern bedeutender Politiker drauf), die wir in einen schnell noch vom Wurstbrater erworbenen «Das kleine Arschloch»-Jutebeutel schütteten. Dieser Beutel muß viel Zeit in der Wurstbraterei zugebracht haben, denn das Geld, das ich mit vollen Händen aus dem Inneren des Beutels auf diverse Tresen schaufelte und ungeduldigen Taxifahrern hektisch in die Hand zählte – es stank, als ob ich es einzeln aus einem Becken alten schwappigen Fetts gefischt hätte.

Vielleicht lag es an dieser buchstäblichen, zehn Meter gegen den Wind bemerkbaren Anrüchigkeit, mit der wir uns durch die Kölner Innenstadt bewegten, vielleicht auch daran, daß T. damals gerade keine Oper zu inszenieren und gewaltige Chöre durch gigantische apokalyptische Bühnenbilder zu dirigieren hatte – wir rutschten an diesem Abend mit dem Schatz aus der verwaschenen Tasche immer tiefer, und so war es nur eine Frage der Zeit, bis wir irgendwann ein Taxi nahmen und uns ins «Pascha» kutschieren ließen, denn das war der Vorschlag des Taxifahrers.

Wir irrten durch die Gänge, in denen überall die unglaublichsten Frauen auf Barhockern saßen und einen nahezu um den Verstand brachten, bis wir schließlich eine bildschöne junge Nutte kennenlernten und die Verhandlungen aufnahmen – wie sich herausstellen sollte, reichte unser Geld nicht mehr für zwei vollständige Kopulationen aus. Einer würde sich selbst Erleichterung verschaffen müssen. Wir warfen eine vor sich hin muffelnde Münze, und dann legten wir, jeder auf die ihm bestimmte Weise, los.

Seit damals hat sich eigentlich wenig geändert. Das Gebäude atmet nach wie vor den für die siebziger Jahre typischen Optimismus im großzügigen Umgang mit viel Beton, der in rechte Winkel gebracht, steil, unermüdlich, siebenstöckig und neongekrönt in den Kölner Nachthimmel hineinragt. Seine Erbauer waren die Gebrüder Schäfer aus Frankfurt, Urgesteine des deutschen Sexgewerbes. Sie tauften das Gebäude «Eros-Center», und ihre Innenarchitekten gestalteten es im Geschmack ihrer Zeit, Steinböden, kahle, karge Treppenhäuser und gelbgeflieste Gänge. Dieses erste Eros-Center muß ungefähr so viel Charme gehabt haben wie ein Schlachthaus, und es lief schlecht.

Der Nachfolger der Gebrüder Schäfer, der legendäre Hermann Müller, sanierte in den Achtzigern den völlig heruntergekommenen Bau, stattete ihn mit Teppichen, mehrfarbig gestrichenen Wänden und sanitären Einrichtungen aus, die es mit jeder Vertreterabsteige der unteren Mittelklasse aufnehmen konnten. Er baute ein Drehkreuz ein, in das man fünf Mark werfen mußte, vor allem aber ersetzte er das Schutzangebot der Zuhälter, das die Frauen oft nicht ablehnen konnten, wenn sie im Geschäft bleiben wollten, durch eine einwandfrei definierte Dienstleistung.

Offiziell ist das «Pascha» kein Bordell, sondern ein Hotel. Die Frauen mieten ein Zimmer, das pro Tag 150 Euro kostet. In der Zimmermiete inbegriffen sind Reinigung und Wäschereiservice, Laken und Handtücher. Es gibt nicht nur Friseur und Massagestudio, sondern auch einen Geldbotendienst, so daß die Frauen nach der Arbeit sicher nach Hause kommen, ohne ihr schwerverdientes Geld an irgendeinen Luden zu verlieren. Auf jedem Zimmer gibt es einen geheimen Knopf, der die sehr kräftigen Männer, die unten am Eingang sitzen, auf den Plan ruft. Die Frauen können sich so vollkommen sicher fühlen, ohne Zuhälter. Das ist ein enormer Fortschritt.

Das Geheimnis seines Erfolges dürfte auf der anderen Seite eine bis dahin einmalige Befriedigungsgarantie sein, auch die eine Erfindung Hermann Müllers, der in der Öffentlichkeit gerne betonte, was er war: ein Geschäftsmann, der aus eigener Erfahrung weiß, wie viele schlechte Erfahrungen man bei Nutten machen kann. Deshalb garantierte er jedem, der sich mit einer Dame einigte und dann anschließend nicht zufrieden war, daß dieser sein Geld zurückbekommen könne.

Diese Befriedigungsgarantie gilt noch heute und schafft eine gleichsam baumarktartige Grundstimmung, die in Deutschland offensichtlich gut ankommt. Wenn man die Giganten am Eingang nach der Garantie fragt, dann bekommt man beiläufiges Nicken zu sehen. Wie oft das vorkomme, daß einer sein Geld zurückwolle? Vielleicht einmal im Jahr und höchstens, wenn er vorher schon bei einem anderen Mädchen war und keinen mehr hochbrachte. Viele kommen ja auch gar nicht, um wirklich Sex zu haben.

Würde jeder der Männer, die das «Pascha» aufsuchen, auch kommen, so käme es in den Räumlichkeiten innerhalb von zwei Minuten fünfmal, will sagen, es sind um die dreitausend Männer, die das «Pascha» täglich aufsuchen. Eine Million im Jahr.

Wenn es einen realexistierenden Gegenbeweis zur Milieutheorie der Prostitution gibt, dann ist es dieser Ort. Ohne den Druck der Illegalität, ohne Zuhälter, ohne zwangsläufige Verstrickung in den Geldkreislauf der Mafia kann man dort sozusagen jeder Form freien Unternehmerinnentums begegnen. Frauen in fast jedem Alter, jeder sozialen Herkunft, aus unterschiedlichen Ecken dieser Welt, treffen auf jede Art von Kunde. Einige Frauen haben studiert und jahrelang in irgendwelchen Berufen gearbeitet, andere haben gerade die Hauptschule hinter sich und keine Lust, bei Schlecker an der Kasse zu sitzen oder arbeitslos zu sein.

Das «Pascha» ist von babylonischen Ausmaßen, aber auch geordnet wie ein Finanzamt – insbesondere, was die Preise angeht. Eine normale halbe Stunde kostet in der Regel fünfzig Euro, inbegriffen ein gewisses Vorspiel und ähnliches. Nur Französisch kostet dreißig. Alles andere extra und selbstverständlich safe.

Wer allerdings denkt, die Hochzeiten eines Bordells seien die Tage des Wochenendes, der Gierige Freitag oder der Allesverschlingende Samstag, der irrt sich. Dieser Irrtum mag von der Annahme herrühren, Bordelle würden nur von Männern aufgesucht, die, alleinstehend, mit Hilfe einer Professionellen ihrer Einsamkeit und ihrer Sehnsucht abzuhelfen versuchen. Das ist falsch. Die verläßlichsten Kunden sind diejenigen Männer, die ihrerseits in gewöhnliche Beziehungsgeflechte eingebunden sind. Nach den familiär und ohne die Wohltat der Ablenkung durch Arbeit oder Amtsbesuche verbrachten Qualvollen

Sonntagen kommen die Freier in Scharen, und deshalb erzielt das Gewerbe seine höchsten Umsätze am Deprimierten Montag.

Umsatzeinbußen gibt es im «Pascha» eigentlich nur während des Karnevals, denn da gibt es auf den Straßen «genügend Freiwild» – wie sich eine ältere Hure ausdrückte. Aber schon am Aschermittwoch sind die Verhältnisse wieder stabil. Es gebe überhaupt nur eine Dienstleistung, die ebenso konstant und krisenunabhängig von der Gesellschaft nachgefragt werde, wie professionell zu vögeln, und das sei, professionell zu lügen. Vögeln und lügen? Ja, genau, sagte sie, die Prostituierte und der Politiker. Beide hätten viel gemein, teilten unter sich das höchste und das niedrigste Sozialprestige und vor allem die verlockende und schwierige Erfahrung, Macht über andere zu haben, wenn auch auf je unterschiedliche Weise.

In den Gängen ist es auffällig warm, klar, die Frauen sollen sich nicht erkälten, und während man also zwischen der schwülen Hitze der Gänge und der deutlichen Kälte des Treppenhauses hin und her läuft und versucht, den anderen möglichst nicht ins Gesicht zu blicken, sieht man immer wieder Gruppen diskutierender junger Männer, die die Vor- und Nachteile der einzelnen Damen abwägen und gegeneinander in Anschlag bringen. Halb innerer U-Bahn-Monolog, halb Sklavenmarkt, wenn der eine meint, im dritten Stock sei so eine Schwarzhaarige, die sehe aus wie ein Mädchen aus seinem Viertel, auf das er stehe. Na ja, meint der andere, die habe aber so fiese Haare auf den Armen, und das sei ja nun nicht gerade toll, während diese eine Blonde …

Diejenigen Männer, die wegen einer ganz bestimmten Nutte herkommen, benehmen sich anders als diejenigen, die unbestimmtes Verlangen treibt. Sie bewegen sich gleichsam moralischer, höherwertiger, und ihre Blicke sprechen Bände, wenn sie Typen wie mich sehen, die mit zugeschnürter Kehle und lächerlich juveniler Aufregung durch die Gänge irren und sich die Studentenbrille zurechtrücken.

Ich kann einen Besuch im «Pascha» nur empfehlen, die drei Euro Eintritt sind gut angelegt. Sie gewähren einem die Einsicht, daß es mit der Hurerei wie mit den Drogen und allen anderen gefährlichen und interessanten Dingen auch ist – man kann den richtigen Umgang mit ihnen durch ihr Verbot nicht erzwingen. Wem es nicht gelingt, seine Leidenschaften mit der Zeit feinstofflicher zu realisieren, wer auf der Idee beharrt, daß es möglich sein könnte, den Hunger, der uns quält, mit fremden Körpern und vergänglicher Materie zu stillen, der wird irgendwann zu ihrem Sklaven, und was er tut, zur Obsession.

Davon aber abgesehen, gibt es offensichtlich so viele verschiedene Gründe, ein Bordell aufzusuchen, wie es Menschen gibt, die es tun. Aber – und das wurde mir im größten Bordell der Republik von wissender Seite verraten, eine klare Regel sei, daß die größten Hurenböcke oft die sind, die niemals im Hurenhaus gewesen sein wollen.

6

III Greise, Goldkettchen und Teletubbylandschaft

Der reichste Golfclub der Republik in Düsseldorf-Hubbelrath ***Von Oliver Maria Schmitt*** IIIIIIIII

Unser Land wäre ärmer ohne die Reichen. Sie finanzieren unseren bescheidenen Wohlstand durch ihre ungeheuren Steuerabgaben, sie schaffen Arbeitsplätze, obwohl ihr Geld schon für sie arbeitet, und sie schonen unsere Neidressourcen, indem sie sich diskret zurückziehen und unter ihresgleichen bleiben: in Jachthäfen, im VIP-Bereich von Galopprennbahnen und auf Golfplätzen. Da aber weder St. Tropez noch Ascot, noch halbwegs ebenbürtige Orte im Geltungsbereich des Grundgesetzes liegen, wird sich der deutsche Spitzensteuersatzentrichter sinnvollerweise auf einen Golfclub kaprizieren.

Gut ist man dort aufgehoben, denn schon das Golfspiel allein ist eine einzigartige Zivilisationsleistung: Es strengt nicht an, dafür kennt es aber Millionen sinnloser Regeln. Natürlich könnte man auch jederzeit ohne überteuerte Ausrüstung und in grotesker Kleidung im Grünen spazierengehen und dabei ein harmloses Geschicklichkeitsspiel betreiben – aber das wäre langweilig, und außerdem könnte jeder mitmachen. Erst mit dem entsprechenden Equipment, mit altmodischen Hosen und komplizierter Fachsprache wird diese spezielle Variante des Murmelspiels zum exklusiven Vergnügen.

Zwar gelangte das Golfspiel, wie alle bizarren Rasenspiele, vor allem auf den Britischen Inseln zur populären Blüte, leider trägt es dort jedoch schon wieder den Makel des Massensports: Gut 1,2 Millionen Golfer drängen sich auf über 2700 Plätzen, jeder fünfzigste Brite schlägt in seiner Freizeit ab und puttet ein, sogar jeder zehnte Amerikaner tut es und jeder sechste Kanadier auch – nur in Deutschland konnte man die Exklusivität noch halbwegs wahren. Nur jeder Zweihundertste golft hier durch die Gegend, wozu freilich die Besten unseres Landes zählen: Dieter Thomas Heck (Handicap 36), Ottfried Fischer (dito 36), Walter Scheel (32) und Sascha Hehn (17) gehören dazu. Für sie gibt es gerade mal sechshundert Plätze, und lediglich eine Handvoll gilt als exklusiv. Nach Bayern hat Nordrhein-Westfalen die höchste Golfplatzdichte Deutschlands – aber nur einer davon ist wirklich nobel: der Golfclub Hubbelrath im Osten Düsseldorfs.

Doch dazu später. Kehren wir diesem mit zweitausend Mitgliedern auch größten Golfclub Deutschlands erst mal den Rücken und schauen in die Gegenrichtung. Direkt auf das kleine Schlößchen, welches dem Hubbelrather Club gegenüberliegt. Das ist das ungleich prächtigere Domizil des Kosaido International Golf Clubs. Der altehrwürdige Bau im Stil eines französischen Chateaus ist praktisch nagelneu und wurde erst 1990 eröffnet. Wir verdanken ihn, so geht die Sage, ebenfalls dem Golfclub Hubbelrath. Denn im Weichbild der rheinischen Altbiermetropole leben viele tausend Japaner, die neben ihrer Begeisterung für historische Fake-Bauten auch die fürs Golfspielen importierten. Weil man aber im exquisiten Hubbelrather Club, wo seit jeher die ehrenwehrte Düsseldorfer Gesellschaft verkehrt, den Ansturm der Asiaten nicht durchweg begrüßte, setzten diese den Düsseldorfer Hochnasen kurzerhand einen eigenen Club vor dieselben.

Des Besuchers diffuse Erwartungen an Prunk pur und Pomp vom Feinsten kann das Clubhaus einigermaßen erfüllen. Der springbrunnenbeplätscherte Parkplatz ist praktisch kleinwagenfrei, zwischen den Mercedes- und Volvo-Karossen parkt nur ein einziger Jaguar. Die Räumlichkeiten sind weitläufig wie die eines kleineren Bahnhofs, hell und von dezenter Eleganz; der Shop bietet Golfschläger zum Stückpreis von 499 Euro an; ein Anschlag am Schwarzen Brett ruft die Besucher zur Ordnung: «Standesgemäße Kleidung schließt ärmellose Tops und Trägerleibchen aus», Jeans sind sogar «strengstens untersagt»; in einer Vitrine kann man edlen Bulgari-Schnickschnack besichtigen; das Restaurant bietet europäische und japanische Küche, der klimatisierte Weinschrank präsentiert internationale Gewächse der Mittelklasse. In der Eingangshalle grüßen die fünfhundert Clubmitglieder von blinkenden Namensschildchen aus Messing. Japaner sind darunter, die Mehrheit aber klingt recht deutsch. Sie alle zahlen eine Jahresspielgebühr von 1620 Euro, einen kleinen jährlichen Club-Mitgliedsbeitrag und einmalig neuntausend Euro für das sogenannte Spielrecht, was als Aufnahmegebühr zu verstehen ist. Jeder, der diese Summe zu zahlen bereit ist, kann mitmachen. Wer keinen Bock mehr hat, kann sein Spielrecht verschenken, vererben oder weiterverkaufen – es verfällt aber nicht.

Der Golfplatz überzieht die hügeligen Ausläufer des Bergischen Landes. Ruhig, fast still ist es hier oben, so daß die angrenzende A 3 jederzeit gut zu hören ist. Am Horizont versinkt der Blick in den dunstigen Tiefen der Kölner Bucht, weiter rechts ist gerade noch der Pfeiler der Düsseldorfer Rheinbrücke zu erahnen, im Mittelgrund harrt der noch kahle Gipfel der Hubbelrather Mülldeponie vorwurfsvoll seines Bewuchses.

Der allerdings hier, am ersten Abschlag, prächtig gedeiht und als grüner Flokatiteppich unseren Schuhsohlen schmeichelt. Verstreut auf den Fairways sind Paare und Grüppchen auszumachen, teils diskutierend, teils scherzend, und man stellt fest: Menschen auf glatten, sonnenbeschienenen Grünflächen eignet aus großer Entfernung etwas unbestreitbar Elegantes. Der spanische Golfphilosoph José Ortega y Gasset sah in ihnen sogar etwas «Paradiesisches»: «Denn, bei Gott, der Anblick eines spielenden

Paares auf einer Waldlichtung erinnert unfehlbar an die Bilder von Adam und Eva vor dem Sündenfall.»

Wobei dieselben Paradiesvögel, aus der Nähe und an der Clubbar betrachtet, diesen Eindruck auch schnell wieder zunichte machen können. Erfolg mag vielleicht jung machen – hierzulande aber ist er alt und hat eine frappante Neigung zum Golde. Schwere Panzerkettchen und Uhrentrümmer blitzen in der zigarrengeschwängerten Luft, Polohemden sind prall gefüllt, Schnauzbartbürsten über perlweißen Keramikreihen lassen schnell die Hoffnung aufkommen, daß es bei Hubbelraths gegenüber vielleicht eine Spur würdevoller, womöglich noch exklusiver zugehen möchte.

Tatsächlich, so könnte man Ortega y Gassets «Gespräch beim Golf» fortführen, erwies es sich als gute Idee, Düsseldorf so nahe an die Golfplätze zu bauen. Dadurch sind die Stadtautobahnen mit ansehnlichen Grünstreifen versehen, und man muß der Hautevolee der Landeshauptstadt schon dankbar sein, daß sie tapfer dieses Gelände nutzt, auf dem man wegen der ungünstigen Lage weder Sozialfälle noch Müllkippen ansiedeln könnte.

Am Eingang der Auffahrt ein Schild. Darauf steht natürlich nicht «Nur für Reiche!», sondern «Zutritt nur für Mitglieder». Doch das zu werden ist längst nicht so einfach wie gegenüber bei den Japanern.

Zwar beträgt das «Eintrittsgeld» des 1961 gegründeten Land- und Golfclubs Hubbelrath nur schlappe 1500 Euro, darüber hinaus sind «Investitionsumlagen» und zinslose Darlehen von rund 17 500 Euro zu entrichten; das Darlehen verfällt ebenso wie die Mitgliedschaft nach dem eigenen Tod – sie ist nicht übertrag- oder vererbbar; außerdem braucht man Bürgen, muß sich also bei mindestens zwei Clubmitgliedern einschleimen, die einen Eintritt gutheißen. Es darf außerdem vermutet werden, daß die tatsächlichen Beiträge um ein Vielfaches höher liegen, wie etwa in den beiden gleichrangigen Luxusclubs Falkenstein bei

Hamburg oder dem Tegernseer Golfclub Bad Wiessee, den sich nur knapp zweihundertfünfzig Mitglieder vom Abschlage eines Boris Becker oder Gunther Sachs leisten können. Letztere beide repräsentieren gemeinsam auch das Durchschnittsalter in deutschen Golfvereinen: Mehr als die Hälfte aller Spieler ist über fünfzig, denn so lange braucht man, um in höchste Kreise vorzustoßen.

Kein Wunder also, daß im Hubbelrather Club die Autos schöner, die Frauen älter und die Männer goldbehängter sind als anderswo. Gegen Jeansträger hat hier keiner was, hingegen ist der Handygebrauch auf der gesamten Anlage untersagt, was einer Paradiesvorstellung heute schon recht nahe kommt. Das verhalten elegante Gebäude im Gutshofstil überschaut gleich zwei angenehm hügelige 18-Loch-Plätze, eine große Ebel-Uhr am Eingang verweist augenzwinkernd auf die allseits knapper werdende Restlebenszeit.

Ein älteres Ehepaar begrüßt lachend einen anderen karierten Rentner, der unter der Woche wohl mal erfolglos angeklingelt hatte. «Ja, wir haben nämlich zwei Wohnungen», pariert das Pärchen, worauf alle sehr heftig lachen müssen.

Im Inneren des luftig wirkenden Baus harren Bridge-Sessel mit schottenrockgemusterten Kissen der winterlichen Kartenabende der Sportsfreunde, auf der Terrasse wird gutbürgerlich gespachtelt, denn Geld hat hier keiner zu verschenken. Der Mettwurstpfannkuchen mit Salat geht für 6,90 weg, der kühle Korn gar für Einsfuffzich, und die kärgliche Weinkarte läßt mit dem generösen Angebotsdoppel von Pinot Grigio und Côtes du Rhône die freie Wahl zwischen Pest und Cholera. Von den Reichen, so zeigt sich wieder einmal, kann man das Sparen lernen.

Und der Aussichtsgenuß kostet gleich gar nichts. Überall kleine Grüppchen in glattrasierter Teletubby-Landschaft. Wuuusch! macht es erst, dann Klack, schließlich Plopp! Und wieder Wuuusch, Klack und Plopp. Das Plopp aber hört man gar nicht, man kann es nur erahnen: dort hinten, wo sich das kleine weiße Etwas in der grünen Ferne verloren hat. Zwei tadellos gewandete Herren in karierten Hosen starren in Richtung eines kaum sichtbaren Fähnchens und verstauen alsbald ihre Eisen in mächtigen Säcken mit Rädern unten dran. Von ihren Sonnenschutzschildern blinkt die fahle Oktobersonne. Das Gespann besteigt ein knuffiges Elektromobil, surrt auf einem gepflegten Kiesweg taleinwärts und verliert sich im gepflegten Grün.

Golf also. Hmm. Warum eigentlich nicht? In welcher Sportart kann man sich schon mit so exquisiten Existenzen wie Jean-Paul Belmondo (Handicap 8) oder Alice Cooper (Handicap 2!) messen? Bis zum Fünfzigsten ist's noch ein Weilchen hin. Da kann man noch lange für Jaguar, Eisensatz und die Aufnahmegebühr drüben bei den Japanern sparen.

7

||||||||||||||||||||||||||| Tief im Südwesten

Das sicherste Endlager der deutschen Kultur liegt in einem Bunker bei Freiburg *Von Julia Encke*

Man mußte schon VIP sein, um eine Überlebenschance zu haben. Nur die wirklich Wichtigen hätten Anspruch gehabt auf eine Schlafzelle im Regierungsbunker in Ahrtal. Nur für den Kanzler, den Bundespräsidenten und die politische Klasse hätte in den unterirdischen Konferenzräumen und Büros bei Bonn, den Fernsehstudios und bespiegelten Friseursalons im atomaren Ernstfall ein Sessel bereitgestanden. In der Phantasie der Kalten Krieger war die «Dienststelle Marienthal» eine Arche BRD, ein offizieller «Ausweichsitz der Verfassungsorgane» – für vier oder fünf Wochen. Mehr hätten die Vorräte und Notstromaggregate nicht hergegeben. Ein Aufputschmittel am Morgen und ein Beruhigungsmittel am Abend, wäre für die Dauer einer Gnadenfrist hier Samuel Becketts «Endspiel» Wirklichkeit geworden: Alles wäre «aus» gewesen inmitten des unbrauchbaren Strandguts von Sprache, Geschichte und Bedeutung.

Doch die postapokalyptischen Szenarien sind passé. Man braucht sie nicht mehr, entledigt sich ihrer, entsorgt, was längst Geschichte ist. Ein zweihundert Meter langer Abschnitt auf der Ostseite der Ahrtaler Anlage wird von dem ganzen Tunnelsystem als «Museum des Kalten Krieges» bleiben. Der Rest ist im Abriß begriffen. Und auch die privaten Bunkerplätze, um die man sich in den achtziger Jahren in den Städten noch riß, sind verwaist. Die Bedrohungen und mit ihnen die Sicherheitssysteme sind nach

Ende des Ost-West-Konflikts andere. Einigeln will man sich nicht mehr. Zumindest nicht sich selbst.

Denn das, was im Ernstfall Strandgut gewesen wäre – Sprache, Geschichte und Bedeutung –, ist noch immer fest verpackt und wohnt nicht bei Bonn, sondern tief im Südwesten unter der Erde, ganz so, als wäre nichts geschehen. Viermal am Tag wird es von Sicherheitsdiensten kontrolliert und vierundzwanzig Stunden lang strengstens abgeschirmt. Ein letzter Hort des Kalten Kriegs mitten im Schwarzwald, im Stollen einer alten Silbermine bei Freiburg. Ein Kulturstollen. Offiziell: «Zentraler Bergungsort der Bundesrepublik Deutschland» zum «Schutz von Kulturgut bei bewaffneten Konflikten». Für den Verwalter vom Zivilschutz, der hier das Sagen hat, haben sich die Spielregeln nie geändert. Es gibt auch keinen Rechtfertigungszwang. Man lagert weiter ein, was man als höchstes Gut leben und überleben lassen will.

«Schutzhelm tragen und Handleuchte mitführen», mahnen die Schilder vor dem Gitter. Was dahinter ist, steht draußen in keiner Weise dran. Nur besonders Versierte wüßten anhand der drei nebeneinander angeordneten blau-weißen Kulturgut-Schutzzeichen, daß hier Gewaltiges droht, daß es um nicht weniger als um die «Dringlichkeitsstufe 1» der Haager Konvention geht. Wir setzen also einen der gelben Helme auf, was im übrigen sehr lustig aussieht, eher nach Baustelle denn nach denkwürdigen Hallen, und bahnen uns im Lichtkegel kleiner Schlüsselanhänger-Taschenlampen mit dem tatsächlich denkwürdigen Aufdruck «Zivilschutz – eine humanitäre Aufgabe» den Weg nach vorn. Wir frieren – und fragen uns, warum es an Kulturorten, in Kirchen, Museen, Bibliotheken und eben auch hier eigentlich immer so entsetzlich kalt sein muß. Der Kollege von FOCUS bietet einem, ganz Gentleman, noch einen warmen Pulli an, den er im Auto hat. Doch gehört der kalte Hauch zum Kalten Krieg dazu.

Noch vor fünfzehn Jahren dachten die Leute, die in Oberried, ganz in der Nähe, wohnten, daß es sich um ein Atombomben- oder Sprengstofflager oder um einen Befehlsbunker für den Kriegsfall handeln müsse, wenn sie «Bewegung» beobachteten, in regelmäßigen Abständen Lieferwagen an- und abfahren sahen. Die Geheimhaltung war bis dahin perfekt. Doch kann man selbst jetzt noch die Spekulationen verstehen, angesichts der Videokameras, Bewegungsmelder, Alarmanlagen und Scheinwerfer-Blendwerke, die vor Ort überwachen und strafen. Alles, was die Sicherheitstechnik zu bieten hat, ist hier installiert. Und wer dennoch eindringt, gerät im Innern in eine klassische Mausefalle und kann nicht mehr raus.

Wir dagegen sind offiziell befugt, was die Sache nicht gerade spannender macht. Eigentlich wollte man ja immer was erleben, wovon hier aber nicht wirklich die Rede sein kann, schon gar nicht, als die letzte Tresortür endlich geöffnet wird und man den tiefgekühlten Schatz deutscher Hochkultur vor sich hat: Hunderte Edelstahl-Behälter deutscher Brauerei-Faßlieferanten, die 15 800 Kilometer Mikrofilm konservieren. Das ist die Verwaltung. Das Endlager der deutschen Verwaltung sozusagen. Die verfilmte Leitzordnerbürokratie in Dosenform. Wir sparen uns den blöden Kommentar mit den «Fakten, Fakten, Fakten», weil nebendran gerade der FOCUS-Kollege steht und sehr ernst seinen Block vollschreibt, fragen also lieber, wie man all das jetzt, als letzter Überlebender der atomaren Katastrophe sozusagen, lesen soll? Mit Lupe und Kerze, heißt es allen Ernstes. Lesegeräte gibt es hier nicht.

Der Mikrofilm ist, jedenfalls in Bibliotheken, nicht gerade ein beliebtes Medium. Man bekommt ihn an der Ausgabe immer dann, wenn die Bücher zu alt und zu kostbar sind, und sitzt dann, die Spule in der Hand, vor dem Bildschirm, bis einem die Buchstaben vor den Augen verschwimmen, weil man auf den vielen Metern nach einer bestimmten Stelle sucht und zu schnell dreht, daß einem zuerst schwindlig wird und dann schlecht. «Spuuu-le!», würde in Becketts «Krapp's last tape» der alte Krapp das Wort zerlegen. Im Stollen könnte er, wenn schon nicht die selbst aufgezeichnete Stimme, die Mikrofilmbänder mit Lupe und Kerze nach isolierten Sprachfetzen absuchen und sie auf ihren Klanggehalt prüfen. Überhaupt ein Beckett-Ort hier. Ein letztes Band für das Endspiel. Merkwürdigerweise weiß keiner, was die mit den eingeritzten Nummern versehenen Stahltonnen jeweils enthalten, und es ist auch gar nicht festzustellen. Das Register liegt auf EDV in Bonn beim Bundesverwaltungsamt. Als Sondertonne soll es aber bald eingelagert werden, versichert man uns.

Gleichförmig und schlecht zu lesen ist das Erbe also. Eine Zumutung. Begeistert wäre ein Überlebender nicht. Doch geht es ja auch gar nicht mehr nur um die Überlebenden: Als im Jahr 2002 in Grimma das Hochwasser war, vernichtete die Flut auch Dokumente, darunter Originale, die die Zentralstelle für Zivilschutz durch Kopien aus dem Stollen ersetzen kann. Eine wichtige Sache, denkt man sich, und natürlich fallen einem auch gleich die Plünderungen nach der «Kapitulation» im Irak-Krieg ein. Für den Fall der Fälle liegt nach dem Prinzip der Rückversicherung hier alles in Kopie bereit. Eine Art Oberrieder Rück ist dieser Stollen, wobei sich die Frage stellt, was eigentlich «alles» ist. Wer erfand in den siebziger Jahren beim Bundesverwaltungsamt, was die «Dringlichkeitsstufe 1» der deutschen Kultur sein sollte? Ein Film-, Pop- oder Fußballstar jedenfalls hätte keine Chance, im Stollen archiviert zu werden.

«Was hineinkommt, wird in den Staatsarchiven, Behörden und Ministerien entschieden, wird verfilmt und dann hierhergebracht», sagt der Mann von der Verwaltung. Seine Vorzeigestücke – denn er ist wirklich stolz und strahlt unter seinem gelben Helm – sind die Krönungsurkunde Kaiser Ottos von 936, der Vertragstext des Westfälischen Friedens, Goethes Briefe als Weimarer Minister, die Sozialistengesetze, Hitlers Ernennungsurkunde, Brandts Ostverträge und, als vorerst letztes Dokument, der Spielplan der Bayreuther Festspiele von 1989. Darüber hinaus: Akten, Akten, Akten und – unwillkürlich, weil man ja ein Medium braucht – eine Geschichte des Mikrofilms: 7/100 dickes und 35 mm breites Polyester. Digitale Speicher wären viel kurzlebiger und die dazugehörige Hard- und Software binnen weniger Jahre Sondermüll.

Irgendwie ist es beruhigend zu wissen, daß die deutsche Kultur in einen einzigen Stollen paßt, auch wenn der Anblick der aufgereihten Edelstahlgefäße extrem ratlos stimmt. In den Gängen vor der roten Tresortür steht für die Sicherheitsbeamten zum Hin- und Herfahren ein altes NSU-Fahrrad bereit. Daneben eine Tragbahre und ein olivgrüner Behälter mit Atemschutzmasken, der aus einem alten Hilfskrankenhaus stammt, aus einem anderen, ausrangierten Bunker. «Steinöde», hätte Beckett gesagt. Sein «Letztes Band» im Kopf, geht man durch den Sicherungsparcours wieder nach draußen und zählt mit Krapp weiter: «Schachtel … drrei … drrei … vier … zwei … (überrascht) neun! mein Gott … sieben … ah!»

8

| | | | | | | | | | | | | | | | | | | | | | | **Äpfel, Sushi, Mandelkern**

In Rothenburg ob der Tauber gibt es die meisten Japaner Deutschlands *Von Wladimir Kaminer*

Deutschland ist ein Land voller Geheimnisse. Einige lassen sich schnell wissenschaftlich erklären, die meisten bleiben jedoch ein Mysterium. Zum Beispiel die japanischen Touristen. Sie sind überall, bewegen sich nur in Gruppen und knipsen alles um sich herum, als wären sie in Disneyland. An ihren Gesichtern läßt sich nicht erahnen, ob sie sich hier wohl fühlen oder unter Heimweh leiden. Und noch mysteriöser: Nach 20 Uhr verschwinden alle japanischen Touristen spurlos aus dem Straßenbild. Ein Freund von mir, der an der Freien Universität in Berlin studiert und für seine Diplomarbeit zum Thema «Die Besonderheiten des Verhaltens der japanischen Touristen in Deutschland» recherchiert, wollte einmal herausfinden, ob die Japaner sich abends in irgendwelchen geheimen unterirdischen Räumen verstecken, wo sie zur Sicherheit von ihren Gruppenführern gezählt werden und ihre technische Ausrüstung kontrolliert wird, oder ob sie einfach ins Hotel zum Schlafen gehen. Außerdem wollte mein Freund wissen, was die Japaner über ihre Reisen erzählen, wenn sie nach Hause zurückgekehrt sind. Er hatte sogar ein wenig Japanisch gelernt, um mit einigen Touristen Kontakt aufzunehmen.

Unauffällig, als japanischer Tourist verkleidet, machte er sich an eine Touristengruppe aus Yokohama heran, die einen ganzen Tag durch Berlin lief. Trotz seiner Bemühungen wurde mein Freund sehr schnell als Fremder von der Gruppe entlarvt. Die Japaner benahmen sich wie immer freundlich – aber zurückhaltend. Kurz vor 20 Uhr sprach mein Freund ein junges Pärchen auf japanisch an. «Und wie gefällt es Ihnen hier? Finden Sie Deutschland attraktiv?» fragte er sie. «Ja, das kann man so sagen», nickten die beiden Japaner bestätigend. Mein Freund ließ nicht locker. «Aber einiges finden Sie doch bestimmt nicht besonders attraktiv?» hakte er nach. «Das ist auch richtig», bestätigten die Japaner.

Die Unterhaltung mit der Gruppe brachte meinen Freund in seiner Arbeit nicht weiter. Die höflichen Japaner verzichteten auf jegliche Deutschland-Kritik und waren schon im Vorfeld mit allem, was er sagte, einverstanden. «Aber ihr sagt mir doch nicht die Wahrheit!» rief der Deutsche, er war verzweifelt. «Das ist nicht ausgeschlossen», nickten die Japaner. Aus seiner Diplomarbeit ist bis jetzt aus Materialmangel noch nichts geworden, mein Freund will sich möglicherweise für ein anderes, leichteres Thema entscheiden, doch sein spezielles Interesse an japanischen Touristen in Deutschland ist nicht erloschen.

Deswegen reagierte er sofort, als ich ihm von meiner bevorstehenden Reise nach Rothenburg ob der Tauber erzählte. Dort sollte ich auf Einladung des dortigen Goethe-Instituts eine Lesung halten. Mein Freund wirkte auf einmal sehr aufgeregt. «Millionen Japaner kommen jedes Jahr nach Rothenburg ob der Tauber, dort nehmen ihre Routen durch Deutschland ihren Anfang. Insgesamt lebt dieses Städtchen seit Jahrzehnten nur von Japanern. Sie bilden eine absolute Mehrheit in der Stadt. Die Läden, der Stadtverkehr und die Hotels sind extra auf sie ausgerichtet, die Straßen zum Teil sogar auf japanisch beschriftet, habe ich gehört. Du mußt für mich die Japaner dort beobachten und unbedingt alles aufschreiben, das wäre für meine Arbeit sehr wichtig», meinte mein Freund, seine Augen glänzten. Ich versprach ihm, alles aufzuschreiben, und fuhr hin.

Die Stadt wirkte alt und leer. Auf dem Weg vom Bahnhof zum Hotel «Meistertrunk» traf ich keine Menschenseele. Und von den Millionen Japanern, die angeblich jedes Jahr Rothenburg ob der Tauber besuchen, sah ich nur einen einzigen. Wie merkwürdig! Der Mann stand mitten auf der Straße, ganz allein – breitbeinig, schweigsam, ohne Videokamera und Fotoapparat, die Hände in den Hosentaschen und eine dunkle Sonnenbrille auf. Eine halbe Stunde lang betrachtete er eine Hauswand neben dem Hotel «Meistertrunk». Dort hing, wie fast auf jeder Wand in Rothenburg, ein Erinnerungsschild: «Hier wohnte im Februar 1474 Kaiser Friedrich III. eine Woche lang.» Auch der Japaner wohnte im Hotel «Meistertrunk» – wahrscheinlich schon über eine Woche lang, er stand deutlich unter einem Kulturschock und konnte sich nicht von der Wand trennen.

«Können all die Japaner hier eigentlich Deutsch lesen?» fragte ich meinen Gastgeber, den Chef des Rothenburger Goethe-Instituts. Wir saßen im Speiseraum des «Meistertrunk» und lästerten über Rothenburg. Dutzende Weihnachtsmänner, Engel und Heilige Mütter, festgenagelt an den Wänden, hörten uns zu. «Den Japanern geht es nicht ums Lesen», meinte mein Gesprächspartner, «sie wollen etwas Besonderes erleben, und Rothenburg ist eine besondere Stadt. Die zwei Millionen Touristen jährlich können es bezeugen.» Ich war erst vor ein paar Stunden in Rothenburg angekommen und hatte noch nichts Besonderes bemerkt. Nur daß hier der Weihnachtsmarkt ganzjährig geöffnet war. «Sie hätten uns nicht im September, sondern im August besuchen müssen», meinte mein Gastgeber, «im Sommer sieht es hier besonders merkwürdig aus, wenn alle Japaner mit Tannenbäumen und Weihnachtsschmuck durch die Stadt laufen.»

Aber im Sommer wußte ich von Rothenburg ob der Tauber noch gar nichts. Da besuchte ich eine Stadt mit einem ähnlichen Namen: Rotenburg an der Wümme. Dort ging ich in der Nacht an der Wümme spazieren, wobei ich Erstaunliches beobachtete: Eine Katze badete im Fluß. Zuerst dachte ich, sie brauche Hilfe, doch dann sah ich, daß sie es gern tat. Vielleicht hatte die Katze einen Knall, möglich wäre es aber auch, daß das Wümme-Wasser gegen bestimmte Katzenkrankheiten hilft. Von der Existenz eines Rothenburg ob der Tauber erfuhr ich erst im Oktober 2001, als diese Kleinstadt im Berliner Wahlkampf um den Bürgermeisterposten plötzlich ein großes Thema wurde. In jenem Herbst hatte es die Berliner CDU voll erwischt, eine Panne jagte die andere, nicht zuletzt wegen ihres Kandidaten Frank Steffel, der alles falsch machte, was man nur falsch machen konnte. Bei einer Wahlveranstaltung wurde er mit Eiern beworfen und versteckte sich hinter den Rükken einiger älterer Parteiführer. Das Foto des Feiglings machte die Runde durch alle Zeitungen der Hauptstadt. Danach gelobte der Kandidat Besserung. Als er drei Tage später bei einer Blumenausstellung mit Topfpflanzen beworfen wurde, bewegte er sich keinen Millimeter mehr von der Stelle und bekam so viel mehr ab, als man in einer solchen Situation normalerweise abbekommen würde. Anstatt zu versuchen, den Wurfgeschossen auszuweichen, stand er wie eine Statue da und fing sie mit dem Kopf ab. Hat der denn überhaupt keinen Verstand, wunderten sich die CDU-Wähler.

Sodann fuhr Steffel mitten im Wahlkampf nach Bayern und behauptete dort, München sei die schönste Stadt Deutschlands. Es gab sofort ein riesiges Geschrei in Berlin: Wenn er das so sehe, dann solle er doch lieber in München kandidieren, meinten seine Konkurrenten. Steffel aber, der schon längst im Sinne hatte, alles noch schlimmer zu machen, konterte, Berlin sei zwar nicht so hübsch, trotzdem sei er fest entschlossen, diese häßliche Stadt zu regieren. Außerdem sollten seine politischen Gegner nicht so heuchlerisch auftreten, denn jedem Bundesbürger sei längst bekannt, daß die schönste deutsche Stadt überhaupt Rothenburg ob der Tauber sei. Nach dieser Aussage fand in der Berliner Presse eine regelrechte Debatte über die Steffelschen Schönheitsideale statt. Gezeigt wurden: eine Karte von Rothenburg ob der Tauber, die Hymne der Stadt und ein Foto ihres singenden Bürgermeisters. Rothenburg ob der Tauber kam in Berlin ganz groß raus. Alle lachten, ich verstand das Ganze als eine Art Parodie auf das Spießbürgertum und lachte herzlich mit. Damals wußte ich noch nicht, daß so etwas wie Rothenburg ob der Tauber tatsächlich existiert.

Seitdem ist nicht einmal ein Jahr vergangen, und nun saß ich schon mitten in diesem als Stadt getarnten Spielzeugladen. Die Kellnerin im «Meistertrunk» sah wie eine Schneekönigin aus, überall standen künstliche Blumen, und das ganze Jahr hindurch ist hier Weihnachten. So also sollte Berlin und ganz Deutschland aussehen, wenn es nach Steffel ginge. Der Chef des dortigen Goethe-Instituts kämpft gegen das Spießbürgertum und besitzt das einzige moderne Kunstwerk Rothenburgs. Vor nicht allzu langer Zeit hatte er eine Metallsäule mit der Aufschrift «Goethe-Institut» in seinem Hof aufgestellt. Diese Skulptur sollte den Einbruch der neuen Zeiten in Rothenburg symbolisieren und zugleich als eine Alternative zur ewigen Weihnachtskultur wirken. Es gab sofort eine große Diskussion, viele waren der Meinung, diese Skulptur zerstöre die Einheit der städtischen Architektur. Doch der Chef gab nicht auf. Im Gegenteil, er fotografierte seine Säule in verschiedenem Licht und verbreitete sie als Postkarte «Für das neue Jahrhundert in der Romantik des Mittelalters» mit fünf unterschiedlichen Motiven: «Deutsche Nacht», «Englische Nacht» oder «Japanische Nacht». Überall stand die Säule im Mittelpunkt. Ich habe alle fünf von ihm als Andenken an meinen Besuch in Rothenburg ob der Tauber bekommen. Nachts konnte ich in meiner Dornröschen-Nußschale im Hotel «Meistertrunk» nicht schlafen. Ich mußte doch irgendwas über diese Stadt und die japanischen Touristen schreiben, doch die Romantik des Mittelalters schien eine schräge Wirkung auf mich auszuüben, mir fielen keine Geschichten mehr ein, sondern nur Gedichte:

«Leise auf Zehenspitzen kommt die deutsche Nacht
In den dunklen krummen Gassen ein Weihnachtsengel lacht
Bis auch der allerletzte Japaner einen Tannenbaum hat
Leuchte weiter – deutscher Weihnachtsmarkt –
so satt ...»

... dichtete ich und guckte aus dem Fenster. Der Cowboy mit Sonnenbrille stand immer noch vor der Wand und wirkte unheimlich. Vielleicht hat der Mann seine Gruppe verloren, oder sein Fotoapparat wurde geklaut, und er beschloß deswegen, sich nicht mehr zu bewegen, bis die Dinge wieder in Ordnung kommen, überlegte ich und wollte schon rausgehen, um ihm zu helfen, doch was ist, wenn es ihm gutgeht? Die Japaner sind so teuflisch mysteriös! Ich lief noch eine Weile in meinem Zimmer hin und her und muß dann doch irgendwie eingeschlafen sein. Am nächsten Tag war der arme Mann jedoch nicht mehr zu sehen! Seine Gruppe hatte ihn wahrscheinlich nachts doch abgeholt und technisch neu aufgerüstet. Erleichtert fuhr ich nach Berlin zurück.

Meinem Freund konnte ich außer dem blöden Gedicht jedoch nicht viel erzählen und stellte mich dumm. «Was hast du nun in Rothenburg gesehen? Waren viele Japaner da? Wie haben sie sich verhalten?» drängte er. «So kann man auch fragen, das ist auch richtig», nickte ich und lächelte freundlich.

9

Seebären im Trockendock

Ein Besuch im ältesten deutschen Seemannsheim in Bremen *Von John von Düffel*

Es gibt Menschen, für die ist das Leben an Land nur ein Übergangsstadium, Menschen, die beim Gehen immer ein bißchen zu flach auftreten, weil sie festen Boden unter den Füßen nicht gewöhnt sind und sich ihr Gang mit der Zeit dem Schaukeln und Vibrieren der Schiffsdecks angepaßt hat. Es gibt Menschen, deren Zuhause das Meer ist und deren eigentliche Familie aus einer Mannschaft besteht, mit der sie auf engstem Raum zusammenleben und auskommen müssen, die aber auch ein Maß von Kameradschaft verbindet, das man an Land so nicht kennt. Kaum zu glauben, aber es gibt diese Menschen, es gibt sie wirklich.

Von Bertolt Brecht stammt die Anekdote über einen heimgekehrten Seemann, dessen alte Mutter jede Nacht an seinem Bett stehen und Wasser von einem Eimer in den anderen umschütten muß, damit ihr Sohn an Land schlafen kann. Er brauchte das Geräusch der Brecher. – Selbst wenn diese Geschichte nicht wahr sein sollte, dann ist sie zumindest gut erfunden. Die Seefahrt ist eine extreme Lebensform, sie hat ihre eigenen Gesetze, und diejenigen, die sich ihr mit Haut und Haar verschreiben, werden sehr bald zu Fremden am Festland, zu Außerirdischen unserer Normalität.

Das beginnt mit so banalen Dingen wie der Post. Während der tägliche Gang zum Briefkasten für den Normalbürger eine Selbstverständlichkeit ist, hapert es beim Seemann schon allein an der festen Adresse. Wenn er keine Familie hat oder in Scheidung lebt, hat es wenig Sinn, Miete für eine Wohnung zu bezahlen, die er vielleicht alle sechs Monate mal zum Entlüften betritt, um am Ende festzustellen, daß er sich zu Hause nur wie zu Besuch fühlt. Wer abgeheuert hat, verbringt die freie Zeit bis zum nächsten Törn nicht selten im Seemannsheim, zusammen mit anderen Seeleuten aus aller Herren Länder.

In der Bremer Seemannsmission trifft man denn auch auf ein buntgemischtes Publikum, so international wie die Besatzungen an Bord. Der rote Backsteinbau mit dem verglasten Eß- und Aufenthaltsraum erinnert an eine Mischung aus Jugendherberge und Freizeitzentrum. Es ist früher Vormittag. An einigen Tischen sitzen Männer mit wettergegerbten Gesichtern, in Kartenspiele vertieft. Die Billardtische und Flipperautomaten im Keller sind noch nicht in Betrieb. Es fällt kaum ein Wort. Nur gelegentlich klappert Geschirr. Eine Stimmung wie im Wartesaal.

Und Warten ist hier tatsächlich die Hauptbeschäftigung: Warten auf die nächste Heuer, Warten auf ein akzeptables Angebot. Unter der buntgemischten Klientel sind auch zwei deutsche Schiffsmechaniker in den Fünfzigern. Sie haben es schwer, ein Schiff zu finden, das sie nicht nur bar auf die Hand bezahlt, sondern auch einen Teil ihrer Sozialleistungen übernimmt. Ein paar Jährchen müßten sie noch unter deutscher Flagge fahren, dann wären sie «in sicheren Schuhen», wie sie in breitestem Küstendeutsch sagen. Doch auf ein solches Schiff warten sie nun schon sechs Monate vergeblich.

Wasser von einem Eimer in den anderen umschütten muß die Belegschaft des Seemannsheims für sie nicht. Ihre Entzugserscheinungen zeigen sich auf andere Art. Täglich streunen sie zwischen den Schiffen am Hafen herum, zwei Seebären im Trockendock, geben ungebetene Kommentare über den einen oder anderen «Schlappkahn» ab und fachsimpeln über Mannschaft und Maschinen, um für einen Augenblick zu vergessen, daß sie auch an diesem Abend wieder mit leeren Händen ins Seemannsheim zurückkehren werden.

Als die beiden anfingen, zur See zu fahren, gab es noch reichlich Schiffe mit einer mehrheitlich deutschen Besatzung. Inzwischen gehören sie einer Minderheit an, wenn nicht gar zu einer aussterbenden Gattung. Deutsche Seeleute finden sich allenfalls noch in Führungspositionen: auf der Brücke – als Kapitän oder 1. Offizier – oder als Chefingenieur in der Maschine. Der einfache Seemann aus Kiel oder Hamburg dagegen ist Vergangenheit.

Das Gesicht der Seefahrt hat sich verändert im Zeichen der Globalisierung. Mit einem Transportvolumen von 90 Prozent aller transnational gehandelten Güter ist sie nicht nur die Drehscheibe des globalisierten Welthandels, sie steht auch ihrerseits unter enormem Wettbewerbsdruck. An die Stelle der traditionellen Reedereien treten weltweite Logistikunternehmen, die Schiffe unter fremder Flagge chartern und bunt zusammengewürfelte Mannschaften zu Dumpinglöhnen anheuern. Das Land, in dem Arbeitskraft am billigsten ist, stellt die meisten Besatzungsmitglieder. So kamen im Jahr 2000 ein Fünftel aller Seeleute von den Philippinen, gefolgt von China und Indonesien. Als Verkehrssprache zwischen ihnen und den Kroaten, Letten, Esten, Polen, Ägyptern, Iranern und Äthiopiern an Bord dient ein rudimentäres Pidgin-Englisch, das sich meist auf den Dienstgebrauch beschränkt.

«Es macht keinen Spaß mehr», sind sich die alten Seeleute einig, und sie meinen damit nicht nur den Rationalisierungsdruck, der zu immer kleineren, immer isolierteren Besatzungen führt, sondern auch den Verlust von Freiheit und Unabhängigkeit gegenüber den Zentralen. Per Satellit stehen die Schiffe heute mit den Büros und Reedereien in ständiger Verbindung – für die Seeleute an Bord ein zweifelhafter Segen. Denn es untergräbt die Autorität des Kapitäns, wenn er sich für jede Verzögerung rechtfertigen muß und dann von Land plötzlich die Order kommt, diese statt jener Route zu nehmen. Oft handelt es sich dabei um Entscheidungen, die aus wirtschaftlichen oder logistischen Gesichtspunkten getroffen werden, nicht aber mit Blick auf das Zusammenspiel von Wasser und Wetter vor Ort. Bei der Schiffsleitung und Besatzung entsteht auf diese Weise schnell das Gefühl, von Land gewissermaßen ferngesteuert zu sein. Frustration macht sich breit.

Gleichzeitig steigt der Streßpegel, da die Liegezeiten in den Häfen sich immer weiter verkürzen und praktisch nur noch zum Löschen und Laden festgemacht wird. Der hektische Warenumschlag bestimmt den Rhythmus des Schlafens und Arbeitens. Ruhe und eine gewisse Regelmäßigkeit findet man nur noch auf den längeren Strecken, wenn das Wetter günstig ist und das Schiff seine vorgeschriebene Fahrt macht.

Nein, es macht keinen Spaß mehr. Doch den beiden Mechanikern bleibt nicht viel mehr als die Erinnerung an bessere Zeiten und der tägliche Gang hinunter zum Hafen, wo sie sich den Schiffsdieselgeruch um die Nase wehen lassen und dem Maschinenlärm lauschen, als würde er zu ihnen sprechen.

Im Hafen unterwegs ist auch Seemannspastor Hero Feenders, der Kopf der Bremer Seemannsmission. Drei neue Schiffe haben angelegt. Er geht direkt an Bord, heißt die Mannschaften willkommen und signalisiert Gesprächsbereitschaft für all jene, die ein offenes Ohr brauchen. Seine seelsorgerische Tätigkeit beschränkt sich auf das Vieraugengespräch. Gottesdienste für die ganze Mannschaft oder Segnungen des Schiffes nach einem Todesfall oder Sturm, wie es bei Katholiken manchmal vorkommt, werden von ihm nicht verlangt. Feenders ist auf andere Art und Weise gefordert.

«Der Seemann kommt in seine Kammer. Alles ist festgeschraubt, der Tisch, das Bett, sogar das Bild an der Wand. Er kommt in eine Gruppe von Menschen, die er sich nicht ausgesucht hat und der er sich doch nicht entziehen kann. Es gibt keinen Spielraum für Individualität. Also lernt er, eine Nußschale um sich bauen. Er lernt, in der totalen Enge möglichst reibungslos zu funktionieren. Doch manchmal braucht er jemanden zum Reden, jemanden, dem er vertrauen kann und der nicht zu der Mannschaft gehört», beschreibt Feenders die Situation. Dem Klischee vom verschlossenen, rauhbeinigen Seebär widerspricht er energisch: «Die Männer warten zunächst einmal ab und taxieren mich. Sie wollen wissen, ob ich glaubwürdig bin. Aber wenn der Funke einmal überspringt, wird es sehr schnell sehr persönlich.»

17 Jahre war Feenders Gemeindepastor, dann entschied er sich für die Arbeit in der Seemannsmission, von der es für ihn kein Zurück mehr gibt. Aufgewachsen in einer Seefahrerstadt, hat er hier nicht nur das Gefühl, wirklich gebraucht zu werden, er ist auch von dem «Virus» der Seefahrt infiziert. Das spürt man, wenn er davon erzählt, wie unheimlich es ist, auf ein Schiff zu kommen, das mit Maschinenschaden und defekten Generatoren im Hafen liegt, geisterhaft und der Gewalt des Wassers vollkommen ausgeliefert. «Schiffe», meint Feenders, «müssen vibrieren.»

Doch der Seemannspastor ist auch Realist. Er sieht, wie sich die Schiffahrt in den letzten Jahren verändert hat, wie die sinnliche und soziale Verelendung der Seemänner unter dem Diktat der Effizienz fortschreitet. Um so mehr fühlt er sich dem Kampf für die Würde dieser Menschen verpflichtet. «Support of seafarer's dignity» – lautet der Leitsatz seiner Mission. Nur warum entscheidet sich überhaupt noch jemand für diese extreme Form der Existenz? Was, außer blanker wirtschaftlicher Not, treibt einen Menschen dazu, sich in die Enge eines Schiffsbauchs zu begeben und sein Leben monatelang wie ein Sträfling auf Arbeiten, Essen und Schlafen zu beschränken?

Feenders zögert einen Moment: «Es ist auch ein bißchen

Masochismus dabei – sich dem Element Wasser auszuliefern, sich bewähren zu wollen in extremen Situationen, im Sturm, in großer Hitze, und das zusammen mit der Mannschaft durchzustehen.» Feenders hält inne, er ist nicht ganz sicher, ob man ihn versteht. Dann fügt er hinzu: «Wenn im Skagerrak der Wind von vorn bläst und ich bei 12 Knoten nicht eine Seemeile schaffe, dann macht das was auf der Brücke. Aber ich kann nicht wegdrehen, das Schiff würde kentern. Also geht es immer so weiter, hoch und runter, auf und ab. Keiner an Bord kommt zur Ruhe. Aber wenn das Schiff dann endlich den Hafen erreicht, dann gibt es dieses Gefühl: Das war ein hartes Stück Arbeit, aber wir haben dem Meer Paroli geboten. Wir haben's geschafft!»

Es wird Abend. Auch Feenders macht sich auf den Rückweg zur Seemannsmission. In den schlichten Zimmern des Seemannsheims wird der eine oder andere mitgebrachte Fernseher noch eine Weile bläulich vor sich hin flimmern. Dann ist es Zeit für die uralten Seefahrerträume, für die Sehnsucht nach einem großen Abstand von der Welt und das Gefühl, eine verschworene Gemeinschaft im Kampf mit den Unbilden der Meere zu sein – völlig auf sich allein gestellt und nur dem einen gemeinsamen Ziel verpflichtet, das Schiff sicher in den nächsten Hafen zu bringen.

10

IIIIIIIIIIIIIIIIIIIIIIIIIIIIIIIIIII **Stille Genießer**
Das letzte Trappistenkloster der Republik liegt in Heimbach ***Von Alex Rühle*** IIIIIIIIIIIIIIIIIIII

Es muß eine Stunde am Tag geben, wo der Mensch, der zu reden hat, verstummt. Es muß eine Stunde geben, wo der Mann der Entschlüsse seine Entschlüsse beiseite schiebt, als wären sie alle zerronnen, und wo er eine neue Weisheit lernt: die Sonne vom Mond zu unterscheiden, das Meer vom festen Land und den Nachthimmel von der Wölbung eines Hügels. Thomas Merton

Felder, Autobahn, der Rhein – bei Tempo 300 verwischt draußen alles zu Farbschlieren. In diese schwimmenden Pigmente hinein sagt der ICE-Schaffner, der Zug werde fünf Minuten Verspätung haben. Die Empörung ist groß, man reicht einander Sprüche wie abgestandenes Weihnachtsgebäck, ja, die Bahn, es ist immer das Gleiche. Kaum hat am Abend noch der Regionalexpreß nach Düren zehn Minuten Verspätung, zücken alle, die am Bahnhof stehen, ihre Handys und rufen irgendwo an, um zu sagen, daß sie zu spät kommen. Es könnte sogar sein, daß die Verspätung «sich bis Aachen auf zwanzig Minuten akkumuliert», wie ein Mann seiner Frau erklärt.

Als der Zug mit neun Minuten Verspätung in Heimbach eintrifft, wartet Herr Pleitz, der Hausmeister der Zisterzienserabtei Mariawald, an der Pforte, zeigt das kleine Zimmer, überreicht eine Klosterordnung («Um das Klima der Stille zu wahren, bitten wir Sie, auf den Gängen keine Gespräche zu führen»). Meinen Sie, ich kann mal mit dem

Abt sprechen? – Warum nicht? – Er hat auf meine Mail nicht geantwortet. – Wann haben Sie gemailt? – Vor vier Wochen. – Wie soll er da antworten, Sie müssen ihm schon ein bißchen Zeit lassen. Und jetzt beeilen Sie sich, es gibt gleich Abendessen.

Drei Tage als Gast im einzigen Trappistenkloster Deutschlands. Im «Ökumenischen Heiligenlexikon» heißt es über den Orden, der im 17. Jahrhundert als Reformbewegung aus den Zisterziensern hervorging: «Diejenigen Trappisten, die noch die traditionelle Regel befolgen, gehören zu den asketischen katholischen Orden. Ihr Tagesablauf umfaßt Gebete, Lektüre und Handarbeit. Sie essen, schlafen und arbeiten in völliger Stille und essen weder Fisch noch Fleisch.» Im Speisesaal für die Gäste werden die vier Besucher an diesem Tag mit leckerem Fisch, Gemüseauflauf und reicher Käseplatte verköstigt.

Wie interessant manche Leute wirken, wenn sie schweigen. Der Mann am Ende des Tisches kaut bedächtig seinen Fisch, in einem Kostümfilm könnte er den nachdenklichen römischen Senator geben, der seinem Sohn bei dessen hoffärtigem Treiben zusieht, bis er plötzlich den entscheidenden, lebensverändernden Satz sagt. Das Reden des Mannes hat aber keine lebensverändernde Wirkung; es wirkt vielmehr, als würde man eine schöne Gegend mit Wohnsilos zubetonieren.

Vielleicht haben die Mönche das Schweigen ja eingeführt, weil sie sich nur so dazu in der Lage sahen, ihren Nächsten zu lieben: indem sie Güte, Milde, Freundliches in sein stilles Gesicht hineinphantasierten. In den Vorhöfen des Schweigens sind die Menschen jedenfalls geschwätzig, als müßten sie das Schweigen der Mönche kompensieren. Nach wenigen Minuten sagt der römische Senator: «Ich kann mich immer noch nicht an dieses Schweigen gewöhnen.» Dem Schwaben, der ihm gegenübersitzt, gefällt es auch nicht, «so nur so für sich sein Essen zu essen». Aus dem römischen Senator wird im folgenden Satz ein Theatermaler, der von seiner Arbeit als Künstler erzählt und von den tiefen, nein, den «tiefen, tiefen Gesprächen», die er mit dem Abt immer führe, den er ja seit 18 Jahren kennt, er redet und redet, sagt, daß man das Schweigen hier in Mariawald hören könne, und beschwert sich dann, daß das alles nicht mehr so sei wie früher. «Wie meinen Sie das?» «Es wird nicht mehr so streng geschwiegen wie früher. Schadeschade.» Nur die kleine, kräftige Frau am Ende des Tisches sagt kaum etwas.

Herr Pleitz steht in der Tür und sagt, der Abt habe jetzt noch zwei Minuten Zeit. Er geht durch einen dunklen Gang voran und sagt unvermittelt: «Man kann das Schweigen erleben. Man kann es sehen.» Der Mystiker Wilhelm von St. Thierry schrieb im 12. Jahrhundert: «Anderer Leute Sache ist es, an Gott zu glauben, von ihm zu wissen, ihn zu verehren. Eure Sache ist es, ihn zu schmecken, mit ihm eins zu sein, ihn zu genießen.»

Wenn die Zeit einen Lieblingsmaler hat, dann ist es Cy Twombly mit seinen nieselfeinen Zitterzeichnungen: Die Stirn und das Gesicht des hageren Abtes sind von Myriaden kleiner gestrichelter Falten überzogen. Der gebürtige Holländer spricht ein merkwürdig zischelndes Deutsch: «Was sollen wir reden über das Sweigen. Sweigen iss ... Sie müssen es erfahren. Wie lange bleiben Sie. Drei Tage?» Er sieht mich mitleidig an. «Dann müssen Sie sich beeilen mit Ihrer Erfahrung.» Und gleich geht es weiter am laufenden Band, er muß los zur Komplet. Puh, hatte der Schwabe beim Essen gesagt, Siebentagejob, Hut ab. In der Tür bleibt der Abt noch einmal stehen: «Das Große Schweigen von der Komplet bis in den Morgen – kennen Sie das, daß man aufwacht nachts, und man kann plötzlich durchblicken auf die Dinge und sie so klar sehen, daß sie leuchten?» Er greift dabei mit seiner rechten Hand durch den Raum, als wolle er einen Apfel pflücken.

Vigilien um vier Uhr früh, Laudes um Viertel nach sieben, Terz, Sext, Non – die Tage der Trappisten sind durch die Gebetszeiten streng strukturiert. Die Komplet beschließt den Tag um halb acht, in der schlichten Kirche ist es dunkel, als ein Mönch hereinkommt und drei Kerzen entzündet. Nacheinander betreten elf Mönche in weißem Gewand das Chorgestühl. Soweit das im Halbdunkel der Kerzen zu sehen ist, dürfte der Altersdurchschnitt bei 60 Jahren liegen, und so hat es etwas Komisches, wenn einige der zwölf mit brüchigen Stimmen den 18. Psalm intonieren: «Gott hat mich mit Kraft umgürtet. Er ließ mich springen schnell wie Hirsche.»In den Besucherbänken sitzen nur die vier Gäste und Herr Pleitz. Bei der Anmeldung hatte er am Telefon gesagt, «das Schweigen wollen Sie erleben, gerne, kommen Sie. Ich hoffe nur, Sie verwechseln es nicht mit Heilsegoismus.»

Nach der Komplet sitzt Herr Pleitz dann noch in seiner kleinen überheizten Pforte. Herr Pleitz, der früher als Industriekaufmann gearbeitet hat und seit 14 Monaten hier als Hausmeister lebt; der mit großen Augen die Welt nach Rettung abzusuchen scheint. «Die Stille ist das einsame Wort», sagt Herr Pleitz. «Der Advent ist das Schweigen der Nacht. Mitten in diesem Schweigen taucht ein Licht auf.» Seine freie Rede wirkt wie festgefügt, es ist, als könnte man die Sätze vor sich auf den Tisch legen. «Wissen Sie, Kosmos und Chaos» – er jongliert die Begriffe in seinen Händen, hinter seinem Rücken eine Deutschlandkarte, an deren äußerstem Rand, knapp neben dem Türstock, ein blaues Fähnchen in dunklem Grün steckt: Mariawald –, «es muß erfülltes Schweigen sein, nicht diszipliniertes Stummsein. Wenn man die Stille ausfüllt, ist sie eine Form von gerichteter Ordnung gegen das Nichts.»

Im Großen Schweigen herrscht dann Geplapper. «Ich schlafe, aber mein Herz wacht», sang vorhin einer der Patres aus dem Hohelied. Ringsum schläft der nordeiflische Wald, im eigenen Kopf läuft der Worthecksler, Sorgenfilz und Kümmernis statt gerichteter Stille.

Am Morgen sehen die Hügel der Nordeifel aus wie eine

jährliche Hauptversammlung der Christstollen GmbH: Puderzuckrig glitzernde Buckel, durchsetzt von schwarzen, braunen, grünen Erd- oder Blätterrestflecken, und ringsum in der Tiefe glänzt das schwarze Ofenblech: die Fjorde des Urftsees. Es ist still hier oben, eine Formation Schneegänse zieht ein Vogel-V in Richtung Belgien, nur vom Kriegsgräberfriedhof her sind klirrende Fahnenmasten zu hören. Die kleine kräftige Frau geht hier immer spazieren. Sie spricht die Tage über wenig. Hier draußen leuchtet ihr straffes Gesicht wie ein glatter Apfel. Sechzehn Tage sei sie hier, sagt sie. Ihr Jahresurlaub, mehr geht nicht, sie pflegt den parkinsonkranken Vater, die altersschwache Mutter und ihren an einer Psychose erkrankten Mann. «Die pflegen Sie alleine?» «Als ich vor drei Jahren meinen Mann kennenlernte, dachte ich, jetzt kommt das Glück, der hat so viel gelesen … Und dann bricht die Psychose aus.» «Drei Leute? Wie schaffen Sie das?» «Ich wohn grad übern Hügel. Wenn es irgend geht, komme ich auch das Jahr über zur Komplet. Mariawald ist meine Tankstelle.»

Wäre nicht der neue Kirchturm, man könnte das Kloster von hier oben aus zwar nicht für eine Tankstelle, aber für ein Landgut oder Internat halten. Den alten Turm ließ die SS 1944 sprengen, da sie glaubte, daß sich die Alliierten bei ihren Angriffen an ihm orientierten.

Als Bruder Konrad 1948 aus der Kriegsgefangenschaft kam, schliefen die Mönche noch auf dem Holzboden, im Ornat. «Ich fand das gut, besser als in Sibirien war's in jedem Fall.» Damals wurde unter den Mönchen gar nicht gesprochen, es gab für die nötigsten Informationen eine Zeichensprache, die Bruder Konrad so in Fleisch und Blut übergegangen ist, daß er noch heute, wenn jemand an seine Pforte klopft, erst mal mehrfach mit dem Fuß auftritt, bevor er ruft: «Ja, was nun, ich sach doch: herein.» Einer der Patres tritt ein und beklagt sich, zwei Stunden habe er jetzt mit einem Besucher reden müssen, zwei Stunden, «das hält doch kein Mensch aus, läßt mich der Abt einfach mit dem sitzen und der erzählt mir seine ganze Lebensgeschichte. Na, ich mach erstmal'n Pööske.»

Bruder Konrad schippert weiter durch seine Anekdoten, wie die Segelboote weit unten übern Urftsee trödeln. «War ich neulich beim Arzt. Sagt der Arzt, die Jugend ist verweichlicht. Hat er wohl recht. Das Leben bei uns ist den jungen Leuten zu hart.» Heute leben 17 Mönche in Mariawald. Es gibt zwei Novizen, beide sind über vierzig, in den vergangenen Jahren sind mehrere Novizen noch in der Probezeit wieder gegangen. Wegen der Nachwuchssorgen haben einige Trappistenklöster die Regeln gelockert: Mehr Schlaf, nach dem Hochamt darf – in einzelnen Räumen – gesprochen werden. Bruder Konrad weiß nicht, was er davon halten soll. «Bei uns waren Vigilien um zwei. Früher sogar um Mitternacht. Eine wunderbare Zeit fürs Gebet.»

11

| | | | | | | | | | | | | | | | | | | | **Völker, hört die Signale ab!**

Der Brocken im Harz beherbergt das größte Lauscharchiv der Republik ***Von Michael Winter***

Unterm Bett liegt nicht mal Staub! In einem Hotel ist unterm Bett sonst alles mögliche zu finden. Ich klopfe den Parkettboden ab. Unter mir ist die Flugsicherung. Ich drükke das Ohr an den Boden. Er summt. Hinterm Spiegel nichts Auffälliges. Die Rauhfasertapete ist nagelneu. Ich steige auf den Tisch und steche mit dem Obstmesser gegen die Deckenverkleidung, ziehe das Kabel aus der Stehlampe, hänge die Bilder ab. Ich schraube die Gehäuse des Telefons, des Radioweckers und des Fernsehgerätes auf. Hier Wanzen und Infrarotkameras zu verstecken wäre plumper Dilettantismus. Ich drehe das Sofa und den Sessel um und endoskopiere die Möbelstücke. Schließlich sind es erst acht Jahre her, daß die Russen abzogen. Hat man nicht von Seilschaften, Geheimbünden gelesen? Ein Bergplateau kann leicht unterhöhlt werden. Wir kennen das aus James-Bond-Filmen.

Ostharz. Brocken. Ich befinde mich an dem Ort in Deutschland mit der ehemals höchsten Dichte von Abhöranlagen. Hier fiel die Mauer erst im Mai 1991. Dafür wurde sie 16 Jahre nach der Berliner Mauer gebaut. Ein unzugänglicher Gipfel in einem ummauerten Land. Das gesamte Plateau des norddeutschen Kilimandscharo war seit 1961 Sperrgebiet. Die geheimsten aller Gebäude der DDR konnten die Militärs an der Westgrenze des Warschauer Paktes dennoch nicht verstecken. Der Brocken glänzte mit seinen Abhörkuppeln bei klarem Wetter dreißig bis vierzig Kilometer in den Westen hinein. Und jeder wußte, was hier rund um die Uhr produziert wurde. Der sozialistische deutsche Staat war der weltgrößte Pro-Kopf-Produzent von Abhörprotokollen.

Nur ein kleiner Teil der Aktivitäten des Ministeriums für Staatssicherheit galt allerdings der alten Bundesrepublik. Die meisten der von der Schreddermaschine verschluckten Akten betreffen die Hauptabteilung III der Staatssicherheit, die damit beauftragt war, vom Brocken aus Bonn abzuhören. Sechsundzwanzig Stasimitarbeiter taten im Dreischichtbetrieb rund um die Uhr Dienst. Die Führungsstelle auf dem Brocken hatte den Decknamen «Urian», der Name für den Teufel in Goethes Walpurgisnacht. Wir wissen inzwischen, wie sehr sich amerikanische Geheimdienste verschätzen können. 1947 übergaben die Amerikaner leichtfertig den höchsten Gipfel Norddeutschlands an die Russen. Seitdem hatte der Osten die Lauschhoheit über die Filetstücke der Natoaufmarschfelder. Klickerkram im Zeitalter der Satellitenüberwachung unseres Planeten. Aus elfhundert Metern Höhe haben die Genossen bis an die Westgrenze der ehemaligen BRD und sogar bis zum Ärmelkanal Telefongespräche mitgehört. Das betraf etwa 80 Prozent dessen, was Bonner Politiker am Hörer von sich gegeben haben. Es gibt Tausende von Seiten mit Wortlautabschriften. Gespräche von Joschka Fischer, Otto Schily, Klaus Kinkel, Otto Graf Lambsdorff, Hans-Dietrich Genscher, Helmut Kohl. Auch Telefonate aus früheren Zeiten: Strauß, Wehner, Brandt, Günter Guillaume. Zum Schrecken der ehemals in Bonn residierenden Politiker tauchen immer mehr vernichtet geglaubte Abhörprotokolle in den Tiefen der Berliner Behörde für die Verwaltung der Stasiakten wieder auf.

Das zuerst von Joachim Gauck und jetzt von Marianne Birthler geleitete Bundesamt mit Sitz in der Berliner Normannenstraße, der einstigen Stasizentrale, hat den Behördennamen: «Der Bundesbeauftragte für die Unterlagen des Staatssicherheitsdienstes der ehemaligen Deutschen Demokratischen Republik». Das Archiv platzt aus allen Nähten. Man könnte die Autobahn Hamburg-Hannover entlangrasen und hätte den gesamten Mittelstreifen voller Regale mit Abhörprotokollen. Die Behörde verwahrt außerdem 34 Millionen Karteikarten, über 200 000 Tonnen Video- und Fotodokumente, die dreißig Jahre lang von 96 000 hauptamtlichen und über 100 000 freiberuflichen Mitarbeitern gesammelt und verfaßt wurden. Diese größte schriftstellerische Gemeinschaftsleistung aller Zeiten wurde von ostdeutschen Staatsdienern vollbracht – eine chinesische Mauer aus Buchstaben. Das übertrifft die Bestände jeder Nationalbibliothek. Die Brockenprotokolle sind zwar nur ein Molekül im Gesamtbestand. Aber sie sind reinster politischer Sprengstoff. Ein Brennkern, den die Mehrheit der aktiven und nicht mehr aktiven Politiker in Deutschland gerne für immer entsorgen würde.

Man müßte einmal ausrechnen, wie viele Waldflächen der Erde dafür abgeholzt wurden, um das Brockenplateau und seine westliche Umgebung mit Papier zu versorgen. Rund um den Berg nisteten sich die Natopartner ein. Auf dem Wurmberg (971 m) und auf dem Bocksberg (727 m) die Amerikaner. Die Westdeutschen etablierten sich auf dem Stöberhai (718 m). Die Franzosen auf dem bei Clausthal-Zellerfeld gelegenen Schalke (765 m). Die Engländer waren überall entlang der niedersächsischen Ostgrenze präsent.

Mein Zimmer liegt im sechsten Stock des ehemaligen Funkturms. Das Gebäude ist heute zum Teil Hotel. Es gibt Komfortzimmer und einfache Zimmer für Wanderer. Von ganz oben kann man, wenn das Wetter gut ist, durch Panoramascheiben so weit nach Nord- und Westdeutschland schauen, daß es einem so schwindelig wird wie einst Heinrich Heine nach einer durchzechten Nacht beim Brokkenwirt. Wer hier übernachtet, bewegt sich auf medienhistorischem Terrain. Die Eröffnung der olympischen Spiele von 1936 wurde von der Reichspost via Brockenfunkhaus an ein paar Fernsehempfänger außerhalb Berlins gesendet. Insgesamt gab es damals 4000 Geräte. Die Zuschauer gehörten zu den ersten weltweit, die in die Röhre geschaut haben.

Nach den Nazis kamen die Russen und Mielkes Horchtruppen. Das Stasiabhörzentrum war 1985 fertig. Tarnname «Moschee», wegen der Kuppel auf dem Betonklotz. Die Kuppel wurde in den Filmstudios von Babelsberg hergestellt. Sie ist aus glasfaserverstärktem Polyesterharz. Neben der «Moschee» standen fünf weitere Abhörkuppeln. Sie waren vollgestopft mit modernster Technik aus dem Westen. Und es gab den «Pfefferminzpalast», einen kleinen Turm für die SED-interne Kommunikation. Heute haben sich hier die Bundeswehr und die Telekom eingerichtet.

Die «Moschee» ist jetzt Brockenmuseum. Die Rund-, Richt-, Gruppen-, und Parabolspiegelantennen unter der Kuppel sehen aus, als seien sie von Heimwerkern zusammengebastelt. Die Etagen unter der Kuppel bestanden aus einem Labyrinth von Abhörkojen, bestückt mit Telefonen, Tonbandgeräten, Kopfhörern und Fernschreibern. Die Geräte im DDR-Design der achtziger Jahre, die hier ausgestellt sind, haben etwas Rührendes an sich. Im Fernschreiber steckt ein beschriebenes Blatt, ein Dialog zwischen A und B. Plötzlich wird mir klar, wie fatal es ist, daß jedes gesprochene Wort Schallwellen auslöst, die man in elektrische Impulse umwandeln kann, wenn sie auf eine Membran treffen. Wer in einen solchen Umwandler ruft: Hallo, Lüthje hier! Bin ich verbunden mit Vontobel?, hat dennoch kaum etwas zu befürchten. Die Geheimgeschichte der deutschen Nachkriegsstaaten ist in einem ungeheuren Haufen abgetippter, belangloser Sätze versteckt, die Beschimpfungen, Verdächtigungen, Liebesgetuschel und schmallippige Bekenntnisse zum Seitensprung enthalten. Wer will das alles lesen? Und selbst wenn man alles, was die Brockenantennen je empfangen haben, lesbar machen könnte, würden wir dann zu neuen Erkenntnissen über unsere Geschichte kommen? Würde es mit dieser Mikroskopierung nicht eher ebenso sein wie mit der Suche nach dem kleinsten Teilchen in der Atomphysik? Je mehr wir ins Detail gehen, desto mehr löst sich alles in nichts auf.

Auch das Abtasten der Kacheln im Bad hat nichts ergeben. Ich kann offenbar ohne Sorge telefonieren. Ich nehme den Hörer auf und lausche. Es knackst und rauscht im Apparat. Vielleicht gibt es ja doch noch alte Geheimleitungen, in die man zufällig durch Fehler in einer Relaisstation geraten kann. «Hallo?» – «Hallo, mein Schatz, wo bist du?» Schweißperlen. «Woher weißt du die Nummer?» – «Von deiner Frau.» Hitzewallungen. «Niemand weiß, daß ich hier bin.» – «Bist du allein?» – «Möglicherweise nicht, aber es ist nicht so, wie du denkst.» Den letzten Satz spreche ich gegen das Besetztzeichen an. Wieso war Edith in der Leitung? Ich wähle ihre Schweizer Nummer. Auf der anderen Seite der Leitung räuspert sich ein Mann, aber er sagt nichts. «Herr Weyrauch? Hallo. Herr Lüthje? Herr Leisler-Kiep? Hallo! Herr Kohl, sind Sie es?» Ich schaue nach Westen ins Abendrot. Unter mir ein Bergplateau voller Steine. Die Steine sind renaturierte Reste von Grundmauern der russischen Kasernen. Man hat sie nicht abtransportiert, sondern gleichmäßig über das Plateau verteilt. Irgendwie hat der Harzgipfel dadurch einen alpinen Touch bekommen.

12

Poppiger Früchtetee

Die älteste Jugendherberge Deutschlands liegt in Altena *Von Annette Pehnt*

Das Wandern ist ein Gesundbrunnen für jung und alt und muß Volkssitte werden, sage ich zu meiner Wandergefährtin L. L. schleift die Füße, weil das Sauerland harsch, der Rucksack schwer und der Weg zur Herberge weit ist. Was ist ein Gesundbrunnen, sagt sie müde.

Die Fußgängerzone von Altena erstreckt sich vor uns in gnadenloser Leere. Hinter dem Altstadtgrill und dem Bistro «Zum Strafraum» fließt die Lenne durch das enge Tal. An der zugeparkten Promenade strecken Bäume aus Draht ihre künstlichen Äste in den Frost wie silberne Kleiderständer. Guck mal, silberne Bäume, sage ich zu L. Die sehen zu gerade aus, sagt L. streng. Sie findet auch die Drahtmännchen und Drahtrollen zu gerade, mit denen Altena besseren Zeiten und seiner Drahtindustrie Denkmäler gesetzt hat. Das ist lange her. Für 9500 Euro könnte ich ein Geschäft für Kunsthandwerk übernehmen, sage ich zu L., wir könnten viele geschnitzte Tiere haben.

L. ist vor einem Schaufenster stehengeblieben, das mit Plakaten verklebt ist. Dietmar Kliesch, vierter Platz Mr. Universum 2002, lädt mit schwellenden Muskeln zum Altenaer Fitneß-Treff, der Schützenverein zu einem Fest mit dem Motto «Winterschlaf adé – Biergenuß olé» ein. Niemand hier scheint sich Wilhelm Münkers zu entsinnen, eines der Mitbegründer der Weltjugendherberge Altena, der 1932 eine aussichtslose Arbeitsgemeinschaft gegen die Auswüchse der Außenreklame, Plakatwände und Werbetafeln ins Leben rief. L. starrt auf die Auslage, in der zwei leere Kaninchenställe vor sich hin rosten. Das Stroh sieht feucht aus, die Futternäpfe sind noch gefüllt. Sind die gestorben, fragt L. düster. Wir müssen weiter. Gehst du auf die Wanderschaft, sage ich aufmunternd, prüfe gut, auf welche Art. Warum auf dem Rad sich quälen, stumpf nur Kilometer zählen? Willst du auf den Autostraßen dich als Tramp bestauben lassen? L. bleibt stehen und schaut mich zweifelnd an, was ist ein Tramp. Hör zu, triumphiere ich, laß alles andere, durch Natur und Heimat wandre! Und am Abend ruhst du aus froh im Jugendherbergshaus. Na gut, sagt L. Sie ist fünf.

Da hören wir ein schabendes Geräusch, heben den Blick zur Städtischen Galerie, eine Maschinerie setzt sich in Gang, und plötzlich klingt über uns «Kein schöner Land in dieser Zeit». Wir summen mit und nicken einer Dame zu, die ihren Foxterrier in die Höhe hebt, hör gut zu, Brutus, nicht sabbern. Brutus birgt seine Schnauze in ihrem Schal und legt die Ohren an. Achtmal täglich hält sie Brutus in die Glockenklänge, zu Ehren von Anton Wilhelm Florentin von Zuccalmaglio, einem früh wanderbewegten Volksliedsammler, der ist da oben begraben, sage ich zu L., und wir schauen noch höher, dorthin, wo hoch über Altena die Herberge in superlativischer Pracht den Hügel krönt: Burg Altena, die älteste Jugendherberge Deutschlands.

Wir vertiefen uns, während wir Schritt für Schritt Drähte, Terrier und die beklemmende Möglichkeit hinter uns lassen, in Altena einen Laden für Kunsthandwerk zu betreiben, in Fragen des Ritterlebens und der Pferdehaltung. L. will wissen, wie die Ritter in ihrer bleischweren Rüstung auf den Pferderücken kamen (mit einem Kran), ob sie Unterwäsche trugen (auf jeden Fall), wie die Pferde sich kratzen konnten, wenn Fliegen unter das Metall krochen (gar nicht). Außerdem: ob das Mittelalter so heiße, weil es in der Mitte liege (das kommt auf den Geschichtsbegriff an), ob ich nicht auch mittelalt sei (na ja), warum die Ritter ihre Feinde töteten, statt sie einfach zu fangen und einzusperren, Kerker gebe es doch sicher genug (sehr gute Frage). Die Burg senkt eine neue Beklemmung über uns, diesmal aber eine angenehm spukige, die L. vor dem Torbogen erschauern und die dreißig Drittklässler aus Dahle im Speiseraum kichern und zappeln läßt.

Inzwischen ißt und schläft man nicht mehr in den alten Räumen der Stammherberge, sondern in einem anderen, renovierten Flügel der Burg. Richard Schirrmann, der Begründer dieser Jugendherberge, blickt neben seinem Kollegen Wilhelm Münker sanftmütig von den Wänden. Um die Gründungslegende des Hauses kommt niemand herum: Vor gut hundert Jahren, als die Jugendbewegung um das Lagerfeuer neue Formen der Zusammengehörigkeit probierte, brachen auch in Altena Jugendliche auf in die Wälder, suchten sich als Wandervögel Wege aus der wilhelminischen Enge. Der Lehrer Schirrmann wurde 1907 mit seiner Wandergruppe vom Regen überrascht, so wird es erzählt, und fand in der Stadt keine passende Unterkunft. Also ließ er die Jugendlichen auf Strohmatten in seiner Schulklasse übernachten und rief zur Gründung von Herbergen auf. 1912 entstand dann in der Burg, die gerade wieder hergestellt war, die Stammherberge.

Müssen wir auch auf Strohmatten schlafen, fragt L. hoffnungsvoll. Wir gehen durch die weiten, niedrigen Räume. Eine Ehrwürdigkeit schwingt in den breiten Dielenböden, die schimmern wie polierter Bernstein, ein ernstes Bemühen um bessere Lebensführung und Respekt: «Schont die Früchte des Landmanns in Feld und Obstgarten … duldet es nicht, daß sich junge Burschen oder naseweise Mädchen über stadtfremde Sitten und Gebräuche lustig machen, den Bauer und seine Art keck verhöhnen». Die abgegriffenen dreistöckigen Betten sind schwarz, wie Schokolade, sagt L. und schleckt an einem Bettpfosten. Ein Mahnmal des Friedens, der Freundschaft zwischen den Völkern sollten die Herbergen werden, hoffte Schirrmann mit der utopischen

Energie des Lebensreformers, unverdorben und wanderselig sollte die Jugend durch die Wälder ziehen, nicht trinken, nicht rauchen und auf keinen Fall mit ungewaschenen Füßen zur Ruhe gehen.

Inzwischen ist das alles poppiger, zum Abendbrot gibt es ein Salatbüfett, der Früchtetee schmeckt lieblich. Das Jugendherbergsverzeichnis nennt sich nun «Der Spaßfinder», und statt der Mahnung zur strengsten Selbstzucht liest man auf dem Cover, auf dem junge Leute halbnackt im Regen tollen, es herrsche strengstes Verbot jeglicher Langeweile. Da habe die Burg natürlich gute Karten, sagt Doris Ambrosius, die Herbergsmutter, die ihren Bürojob aufgegeben hat, um Burgherrin zu werden. Der Doris seine Burg, sage ihr Neffe immer. Die Drittklässler spielen im Burghof Pingpong im Dunklen. Als einer das Spiel verweigert, drohen die anderen mit dem Burggespenst Maximilian. Auch L. wartet im Torbogen, ihren Zweifel an der Existenz von Gespenstern beteuernd, auf ihn, einen untoten Nachfahren des Grafen von Altena-Mark vielleicht, der den Menschen wohlgesinnt sein und gern an der Winde des Burgbrunnens herumturnen soll.

Später streife ich durch das Gästehaus, das sich etwas unterhalb der Burg unter dem dräuenden Burgfried duckt, spüre die durch ein Übermaß an frischem Leitungswasser gestraffte Magendecke und die Mißbilligung der gerahmten Gründungsväter, als ich mich durch das Fernsehprogramm zappe. L. schläft im gelbgewürfelten Bettzeug. Von Beruf will sie seit heute Herbergsmutter werden. Ob man dazu auch einen Vater brauche (nein, nicht unbedingt). Dann sei es ja gut. Sie wolle nämlich nicht heiraten. Ritter seien auch nicht verheiratet (ist das wahr?).

Im Bücherregal stehen Weihnachtsgeschichten von Charles Dickens und eine Stadtgeschichte von Iserlohn. Leise Schwermut regt sich. Von unten dröhnt der Spätzug durch den Talkessel und übertönt meinen Krimi, ich stehe auf, strecke mich und schaue hinüber zur Burg. Vom Fenster aus sieht man den hell ausgeleuchteten Torbogen, die Scheinwerferanlage ist neu, dafür mußten Bäume fallen, sagt Doris. Plötzlich springen zwei dunkel gekleidete Gestalten ins Blickfeld, ich sehe wogende Kettenhemden, Helme und höre das Geräusch sich kreuzender Klingen. Sie kämpfen um die Burg Altena. Morgen ist Valentinstag.

13

IIIIII **Bier formte diesen wunderschönen Hügel** In Weihenstephan steht die älteste Brauerei der Welt *Von Christian Kortmann* IIIIIIIIIIIIIIIII

Wollte der Erfinder dieser Maschine den Rausch sabotieren? Plötzlich steht sie im feuchten Gewölbe vor uns, ein hoch aufschießendes silberfarbenes Monstrum mit unzähligen dünnen Rohren, das rappelt und zischt: die Entalkoholisierungsanlage, Antithese zum großen Ganzen, nämlich zum Bier als Kulturgetränk. Verhöhnt der Vakuumverdampfer nicht all die Mühe, die es kostet, hier das laut *New York Times* beste Weißbier der Welt herzustellen? Und hat es nicht seinen tieferen Grund, daß der Alkoholgehalt dieses Bieres satte 5,4 % beträgt, die dem Halblitertrinker die Ouvertüre eines Rausches liefern, nach der er entspannt ausnüchtern oder stufenlos in höhere Gefilde vordringen kann?

Braumeister Frank Peifer, der bis hierhin bei der Produktion all seine Kunstfertigkeit aufgeboten hat, wirft einen verächtlichen Blick auf die Maschine, verzieht das Gesicht und sagt: «Alkoholfreies Bier – ein Kompromiß, mehr nicht.»

Wir befinden uns auf einer Erhebung bei Freising, die sie Weihenstephaner Berg oder auch Nährberg nennen. Dabei handelt es sich für bayerische Verhältnisse allenfalls um einen Hügel, auf dessen Gipfel ein altes Kloster steht, das die älteste Brauerei der Welt beherbergt: Weihenstephan. Wenn also Hügel T-Shirts trügen, stünde auf diesem: «Bier formte diese wunderschöne Silhouette.» Denn die beiden Türme wurden nachträglich aufs Kloster gesetzt –

als Wassertanks zur Bierherstellung. «Hier ist die überschüssige Hefe, auf die Hobbybrauer ganz scharf sind», sagt Peifer auf unserer Expedition durch den Bauch des Hügels, in dem drei Millionen Liter Bier lagern. Hobbybrauer? Ja, allein in der näheren Umgebung, erklärt der Braumeister, gebe es 40 Selbstbrauer, die ihren Stoff mitunter in zu Braukesseln umfunktionierten Waschmaschinen produzierten.

Begonnen hat die deutsche Bierpassion mit dem heiligen Korbinian, der im Jahre 724 nach Weihenstephan kam, ein Kloster gründete und eigentlich gleich dafür hätte sorgen können, daß aus der Quelle, die er damals entspringen ließ, sämiges Weißbier fließe. Doch auch seine Benediktinermönche ließen sich nicht lumpen, ab 1040 brauten sie Bier, was an diesem Ort bis heute nonstop geschieht. Erblickt man die Jahreszahl erstmals auf seinem Weißbierglas, glaubt man, sich verlesen zu haben, und wischt mit dem Daumen das Kondenswasser weg: Steht doch tatsächlich «seit 1040» da! Tja, denkt man, dieses Produkt ist kein One-Hit-Wonder, und was noch schöner ist: Jeden Tag wird es ein bißchen besser.

Schon die Sumerer brauten Bier, 6000 Jahre ist das her, doch unangefochten reklamiert Weihenstephan das Attribut der am längsten bestehenden Brauerei. Es paßt ja gut ins Bild der Welt, daß das Bethlehem des Bieres auf einem Hügel in Bayern liegt, den so viel Kulturgeschichte umflort wie jenen anderen berühmten Hügel drüben in Bayreuth. So zieht es jährlich 16 000 Besucher auf ihrer «Reise zum Ursprung des Bieres» hierher.

Müsse man in Paris die Sprache nur auf die schönen Frauen bringen, um verbrüdernde Übereinkunft mit Fremden herzustellen, so genüge in München ein Wort zum Bier, und alle nickten und sagten: «Ja ja, das Bier!» Felix Krulls Beobachtung in Thomas Manns Roman ist für ganz Deutschland gültig. Als bedürfe es noch eines Plädoyers für die Volksdroge Nr. 1, führt Wolfgang Clement seit einiger Zeit öffentlich vor, warum *er* der Superminister ist: Ohne zu schlucken, kippt er sich ein Glas Bier hinter die Binde, wobei diese Redewendung seine maschinelle Routine präzise beschreibt. Der Exer im Maßanzug wettet, 12 Bier schneller trinken zu können als ein anderer 12 Schnäpse. Alle schmunzeln darüber und denken: «Ja ja, das Bier!» Doch man stelle sich vor, Clement brüstete sich damit, einen Joint in Rekordzeit wegqualmen zu können!

Erklimmt man den Nährberg, glaubt man angesichts der Mischung von alten Gemäuern und High-Tech-Forschungseinrichtungen, das Anwesen eines manischen Wissenschaftlers zu betreten, der mittels Bier die Weltherrschaft übernehmen will. Denn rund ums magische Zentrum Brauerei sind die ernährungswissenschaftlichen Fakultäten der TU München ansässig. So fallen einem allerlei Einrichtungen ins Auge, in denen man sich lustige Screwball-Comedy-Szenen mit angeschickerten Forschern vorstellen kann, etwa die Staatliche Brautechnische Prüf- und Versuchsanstalt oder die Lehrbrennerei. Menschen mit Schutzbrillen und weißen Kitteln schleichen durch Labore mit seltsamen Apparaturen. Man meint zu sehen, wie ein Professor mit wilden weißen Haaren von Studenten umringt an einem Weißbierglas nippt, sich den Schaum von der Nase streicht und sagt: «Aah, es ist vollbracht!»

Allen Gebäuden entströmt der Geruch werdenden Bieres: Fotografierte man den Nährberg mit einer Spezialkamera für Hefedämpfe, hüllte ihn auf dem Bild eine dichte Wolke ein. Im Sudhaus, dem Herzstück der Brauerei, wo in vier riesigen Edelstahlkesseln die Gerste oder der Weizen gemaischt und als Würze zusammen mit Hopfen gekocht werden, sitzt ein Brauer in einem knallgrünen Drehsessel vor einer großen Schalttafel mit blinkenden Dioden: kein Zweifel, die Kommandozentrale.

Man nimmt einen tiefen Lungenzug vom konzentrierten Biergeruch und blickt auf die vier Leuchtkästen an den gekachelten Wänden mit Bildern von Hopfen, Getreide, Hefe,

Wasser. Sieht aus wie Installationskunst zu Deutschlands beliebtestem Gesetz, dem bayerischen Reinheitsgebot von 1516. Im Originalton: «Wir wollen auch sonderlichen das füran allenthalben in unsern stetten märckthen un auf dem lannde zu kainem pier merer stückh dan allain gersten, hopfen un wasser genommen un gepraucht solle werdn.» Reinheitsgebot, ha!, wie das schon klingt: so herrlich überlegen kategorisch, so klar und diamanthart, daß es jeder Deutsche heute noch gerne mit ins Ausland nimmt und wie einen Porsche-Schlüssel auf die Theke fallen läßt, wenn es gilt, die Dürftigkeit einer mexikanischen Cerveza-Plörre zu bemängeln.

Daß der Pro-Kopf-Konsum sinkt und die Deutschen zu Weintrinkern werden, kann nur eine vorübergehende Verwirrung sein: Bier paßt doch viel besser zu uns. Denn wo es bei Wein auf die Qualität der Grundzutaten und während des Reifens auf mediterrane Gelassenheit ankommt, ist das Brauen vor allem eine Frage des Timings und technischen Know-hows: «Wir kochen die langkettigen Moleküle zu einer Malzsuppe runter, zerlegen sie bis in ihre Aminosäurebausteine», sagt Braumeister Peifer und lugt durch ein Kontrollfenster in den Kessel, in dem die Maische stundenlang vor sich hin blubbert. Klar, auch er hat auf dem Nährberg studiert, wie Adepten aus aller Welt: Weihenstephan ist das Oxford der Bierbrauer.

«Wenn Sie irgendwo auf der Welt in eine Brauerei gehen, werden Sie einen Weihenstephaner treffen!» sagt Brauereidirektor Josef Schrädler beim Mittagessen im hauseigenen Bräustüberl. Draußen im Biergarten sitzen Touristen mit glücklichen Gesichtern, die große Gläser stemmen und verächtliche Kommentare über charakterlose Biere à la Warsteiner auf den Lippen haben. Ganz normal, daß auch wir uns nicht fragen, *was* wir zum Essen trinken, sondern nur *welches Bier*. Für alles andere haben Braumeister und Direktor nur die Abkürzung AfG übrig. Die wird mehrmals abwertend benutzt, bis man erfährt, daß sie für Alkoholfreie

Getränke steht: in der Weihenstephaner Republik so gern gehört wie Atheismus im Vatikan.

Auch beim Brauen hat sich das in Deutschland überaus geschätzte Expertentum herausgebildet. Der «Bier-Papst», von dem Schrädler und Peifer voller Bewunderung sprechen, heißt Professor Narziss, als sei die Liebe der Deutschen zum Bier vor allem die Liebe zu sich selbst. «Narziss wird von allen Brauereien gerufen, wenn's zur Bierprobe geht», sagt Schrädler. «Erst wenn ER sagt, das Bier ist gut, ist es wirklich gut!» Narziss ist zwar schon emeritiert, aber seine Bemühungen um unser leibliches Wohl wirken nach. Peifer, ein Mittdreißiger, hat sich noch in seine Vorlesungen geschlichen und schwärmt: «Er konnte dir Bier bis ins Atom erklären. Ist der Erfinder des modernen Brauens, Motto: weg vom offenen Bottich!»

Wer Deutschland extrem betrunken sehen will, der muß auf ein Starkbierfest gehen. In Weihenstephan spielt sich die Begeisterung fürs Bier eher auf mikrobakterieller Ebene als am Maßkrug ab. Hier widmet sich das Land der Veredelung seines Nationalgetränks und seiner Reflexion: Gerade träumt man laut von einem Biermuseum. Dabei ist es eine absichtliche Pointe, daß die Bayerische Staatsbrauerei Weihenstephan dem Wissenschaftsministerium untersteht. Und unter den Studenten, die bei gutem Wetter in Grüppchen auf dem Rasen hocken, während es geräuschvoll aus dem Sudhaus dampft, befinden sich die Brauexperten von morgen: Seid lieb zu diesen Menschen, sie sind die Zukunft des Bieres!

Was das Bierbrauidyll betrifft, ist Weihenstephan also doch extrem: Wo einst die Klosterkirche stand und Korbinian Wunder tat, befindet sich heute der Hofgarten. Mit dem weiten Südblick über das Freisinger Moos auf München und die Alpen ist es der kultivierteste Ort, um ein Weißbier zu trinken: jeder Schluck die Krönung einer 6000jährigen Evolution.

14

IIIIIIIIIIIIIIIIIIIIIIIIIIIIII **Makellos makeln**

Ein Besuch in Stendal, der Stadt mit dem härtesten Wohnungsmarkt der Republik ***Von Jochen Schmidt*** IIIIIIIIIIIIIIIIIIIIIIIIIIIIIIIIIIIIIIII

Stendal ist eine dieser ostdeutschen Städte, die den Segen der Einheit mit ihrer Jugend bezahlen. Äußerlich hat sich alles verbessert, die Altstadt mit ihren Backsteinfassaden ist fast durchrenoviert, auf den frisch asphaltierten Straßen fahren nagelneue Busse, der Bahnhof ist geräumig und hell, Telefonzellen muß man nicht lange suchen, aber dagegen stehen über 20 Prozent Arbeitslosigkeit und seit der Wende ein Einwohnerschwund von 50 000 auf 38 000. Der Markt im Zentrum ist Treffpunkt der Alten, erstaunlich viele mit Prinz-Heinrich-Mützen. Man kann Fleisch vom Wagen kaufen oder Klammerbeutel von der Stange. Die alten Plakate, die an manchen der vielen geschlossenen Geschäften kleben, sprechen nicht unbedingt für ein reichhaltiges kulturelles Angebot: «Harry Rowohlt liest, trinkt und raucht in der katholischen Kirche.»

Früher war Stendal Garnisonsstadt. Das Villenviertel, in dem die russischen Offiziere lebten, durfte man nicht betreten. In die oberen Etagen der angrenzenden Plattenbauten ließ man nur Hundertprozentige einziehen. Dabei hätte man die anderen mit den berühmt-berüchtigten Lebensgewohnheiten der Russen kaum schockieren können. Heute, wo die Soldaten weg sind, kommen viele russische Aussiedler. Die Frauen würden sich ja noch zu integrieren versuchen, aber die Männer hätten größere Probleme mit der Sprache und litten unter ihrer Bedeutungslosigkeit, da das wenige Geld ja vom Staat komme. Dabei müßte doch jeder, der einmal in einem russischen Plattenbau gelebt hat, beim Zustand der Stendaler Plattenbauten Freudensprünge machen, denn daran gibt es nichts auszusetzen, es sind eben nur zu viele.

Frau Nelius aus Stendal wächst die Arbeit über den Kopf. Das ist an sich schon fast eine Sensationsmeldung, in einer Region, in der man zur Begrüßung immer noch statt «Wie geht's?» fragen könnte: «Hast du Arbeit?» Die zweite Sensation ist, daß Frau Nelius Immobilienmaklerin ist. Denn dieser Beruf hat für viele Ostdeutsche etwas zutiefst Anrüchiges. Schließlich waren Immobilienmakler, Versicherungsvertreter, Rechtsanwälte und Hausbesitzer die ersten, die zur Wendezeit in die neuen Länder ausschwärmten, um aus der Ahnungslosigkeit der Menschen Profit zu schlagen. Viele meinten damals im Vertrauen in die schicken Visitenkarten und maßgeschneiderten Anzüge, sie hätten das große Los gezogen, und verschrieben sich dubiosen Drückerkolonnen oder halsten sich aberwitzige Ratenzahlungen auf. Denn die Arbeitslosigkeit, von der man so viel gehört hatte, konnte ja eigentlich nur die Faulen betreffen.

Als die Stimmung umschlug, hat mancher versucht, dem Immobilienmakler aus dem Parterre jeden Morgen böse in die Augen zu sehen, um ihn zum Aufgeben zu bewegen. Mancher hat ihm sogar nachts einen Wasserschlauch durchs Fenster gelegt. Mit welchem Mißtrauen man inzwischen den Angeboten der Konsumgesellschaft begegnet, zeigt das Informationsblatt der Stendaler Wohnungsbaugesellschaft, das für den Urlaub 2002 Tips gibt, «was hinter den salbungsvollen, vielversprechenden Angeboten der Reiseveranstalter stecken kann». Der Hinweis «beliebt bei Stammgästen» bedeute in Wirklichkeit, «nur Hartgesottene kommen wieder».

Daß Frau Nelius es geschafft hat, kann nicht an Äußerlichkeiten gelegen haben. Mit ihrem Outfit könnte sie auch Kindergärtnerin oder Verkäuferin sein. Vielleicht ist sie uneitel, vielleicht ist es der alte Columbo-Trick, sich lieber unterschätzen zu lassen, vielleicht hat sie aber auch einfach keine Zeit für solche Dinge. Wenn man mit ihr durch die Stadt fährt, kommt es einem eher vor, als sei ihr Erfolgsgeheimnis der Spaß an der Sache. Es ist eine ungewöhnliche Stadtführung, man erfährt zu fast jedem Haus, was es kosten würde und wie oft es schon den Besitzer gewechselt hat. Dieses Fachwissen hat sie sich hart erarbeiten müssen, denn zu Ostzeiten, als man seine Bungalows noch über Anzeigen in der Zeitung verkauft hat, war sie Krankenschwester. Dennoch scheint sie die Eigenschaften, die man braucht, um im Kapitalismus zu bestehen, schon damals entwickelt zu haben. Schließlich sind andere, die aus dem Westen kamen, um in dieser Region Fuß zu fassen, bald gescheitert.

Wenn sie wollte, könnte sich Frau Nelius auch verkleiden. Zu DDR-Zeiten hat sie sich manchmal als Russin in die Schlange vom Russenladen gestellt. Dort gab es Ölsardinen, Konfekt für die Kinder und andere als die zähen Kubaapfelsinen. Sie hat sich eine Strickmütze aufgesetzt, die Lippen grell geschminkt und den Mund gehalten. Angeblich mußte man, wenn man erwischt wurde, zur Strafe Kartoffeln schälen. Heute müsse man um vieles nicht mehr kämpfen, und es schmecke deshalb nicht mehr so gut.

Frau Nelius hat viele solcher Geschichten erlebt in ihrem früheren Leben. Sie hat im Urlaub Westgeld nach Ungarn geschmuggelt und sich sogar einmal mit der Stasi angelegt, weil sie auf dem Weg zur Arbeit mit ihrem Fahrrad von einem Trabi geschnitten wurde. Der Fahrer hupte, stieg aus und schrie sie an. Sie gab nicht nach. Es stellte sich heraus, daß ihr Gegenüber Stasimitarbeiter war. Sie wollte lieber nicht die Reaktion der Behörde abwarten und hat sich gleich beschwert. Das Gebäude war vergittert, die Tür fiel ins Schloß, und es gab innen keine Türklinken. Sie gab an, der Autofahrer habe auf sie wie einer ihrer psychisch kranken Patienten gewirkt. Als dann ein paar Tage später zwei Stasileute vor der Wohnungstür standen, ließ sie sie nicht hinein. Die Sache wurde nicht weiter verfolgt. Inzwischen sitzt im ehemaligen Stasigebäude das Deutsche Rote Kreuz. Frau Nelius weiß genau, wer in Stendal wo sitzt. Überhaupt ist es ihr Erfolgsrezept, alles zu wissen und es dem Kunden mitzuteilen: Wie teuer wird der Vermesser, welche Anschlußkosten stehen an, wo bekommt man eine Baumfällgenehmigung?

Als sie mitten in der Wendeezit, zum dritten Mal schwanger, alle Hürden genommen hatte, um ein Haus zu kaufen, tauchte kurz nach der Vertragsunterzeichnung der Alteigentümer auf. Um die Sache zu überstehen, mußte sie sich mit der Materie vertraut machen. Während ihr Mann weiter Taxi fuhr («Autofahren ist sein Leben»), beschäftigte sie sich abends nach der Arbeit mit Grundstücksrecht. Als sie nach ihrem Babyjahr von ihrer alten Station versetzt werden sollte, weigerte sie sich, schließlich hatte sie sie auf Vordermann gebracht und keine Lust, noch einmal von vorn anzufangen. Aber man drohte ihr mit einer «Änderungskündigung». Sie hat den Job geschmissen und sich ein 78 Mark teures Buch gekauft: «Wie mache ich mich als Immobilienmakler selbständig». Darin las sie anscheinend besonders aufmerksam den ersten Satz: «Erfolg ist ein magisches Zauberwort, das Reiche versinken und aus Schutt und Asche wiederauferstehen läßt.» Wenn man gerade ein Reich untergehen gesehen hat, wirkt die Floskel vielleicht gar nicht mehr so esoterisch. Diese Erfahrung hatte sie ihren westlichen Kollegen jedenfalls voraus. Sie hat für 100 Mark ein Gewerbe angemeldet und ihre ersten Formulare auf der Schreibmaschine getippt. Seitdem ging es immer weiter. Aus der Krankenschwester ist eine Unternehmerin geworden. Und das in einer Region, bei deren Arbeitslosenzahlen man die Hoffnung verliert.

Zu Ostzeiten war in Stendal ein Kernkraftwerk geplant, seit 1975 wurde es gebaut, die Kühltürme standen schon und sind erst 1999 wieder abgerissen worden. Das Plattenbaugebiet war entsprechend groß ausgelegt. Das Projekt starb mit der Wende. Jetzt steht in «Stadtsee» und «Süd», den beiden Plattenbaugebieten, ein Drittel der Wohnungen leer. 6000 sollen abgerissen werden. Dafür wird mitten in «Stadtsee» ein gigantisches Arbeitsamt gebaut. Warum man nicht einen der überflüssigen Plattenbauten genommen hat, versteht hier keiner. Auf «Süd», wo das alte Arbeitsamt steht, wird der Umzug negative Auswirkungen haben. Nicht einmal mehr die Arbeitslosen müssen dann noch dorthin. Die einzige Hoffnung für die Region ist der Großflughafen Stendal. Schönefeld, das sei doch nur wieder eine zentralistische, unvernünftige Staatslösung für Berlin, wie in alten Zeiten. Alles spreche für Stendal, das im Einzugsgebiet von Berlin, Hannover und Hamburg liegt.

Frau Nelius sieht die Lage nicht so negativ. Wenn man kämpfe wie sie, könne man es schaffen. Drei Kinder großziehen, seit Jahren kein Urlaub, «das Rad muß sich drehen», sagt sie, sie habe allerdings auch noch nie im Büro die Zeitung gelesen. «Denn wenn du im Kreis gehst, dann fällst du zurück», hieß es in einem DDR-Propagandasong. Man darf nicht nachlassen, es gibt ca. 30 Makler in der Gegend. Sie arbeitet zuviel, zweimal war sie schon im Krankenhaus, jetzt trinkt sie grünen Tee «fürs Immunsystem» und versucht, sich abends mit autogenem Training zu entspannen. Während ihr Mann immer noch Taxi fährt. Warum sie mit ihren Fähigkeiten nicht in einer lukrativeren Gegend Fuß fassen will? «Wieso denn? Das ist meine Heimat.» Offenbar wirkt solche Bodenständigkeit überzeugend. Sonst hätte dieser scheue Schauspielstar aus Berlin nicht mehrere Häuser bei ihr gekauft. Vielleicht hat man auch als Westler das zuversichtliche Scientology-Grinsen aus den Hochglanzprospekten irgendwann satt. Frau Nelius ist eher der Typ Miss Marple, dem es Spaß macht zu «kombinieren». Manchmal steckt hinter einem «vollstreckbaren Titel» ja auch tatsächlich ein richtiger Krimi. Wie bei dem Haus, das zwei ältere Schwestern aus Westdeutschland geerbt hatten und verkaufen wollten. Der Käufer war da, der Vertrag lag beim Notar. Aber einen Tag vor Vertragsabschluß war es dann schon an einen anderen Käufer verkauft worden. Frau Nelius fand das unlogisch, ging der Sache nach und «kombinierte». Irgend etwas war da faul. Den Angehörigen hatte wohl ihr Vertrag nicht gepaßt. Als sie Monate später in der Zeitung etwas über einen Mord in Kenia las, kam ihr der Name des Opfers bekannt vor, das war doch die eine der beiden Schwestern. Sie nutzte ihre Kundenkontakte, um mehr zu erfahren. Die Frau war zu Besuch bei ihrer Nichte in einer bewachten Wohnsiedlung umgebracht worden. Tatsächlich war es ein Auftragsmord, die Nichte sitzt jetzt im Gefängnis. Irgendwie hat man das Gefühl, mit Frau Nelius wäre das nicht passiert.

15

||||||||||||||||||||||||||||| Tätiges Warten

Das vornehmste Wasserhäuschen steht in Frankfurt am Main ***Von Martin Mosebach*** |||||||||||

Das Wasserhäuschen ist eine Frankfurter Einrichtung. Woanders heißen kleine Geschäfte ohne Ladenlokal, die auf die Straße heraus verkaufen, «Büdchen», auch wenn sie keine Bude, sondern in eine Häuserreihe einbezogen sind, oder «Kiosk», auch wenn ihre Architektur nichts mit dem Topkapi-Serail zu tun hat. Das «Wasserhäuschen» heißt amtlich «Trinkhalle» – das erinnert an Bade- und Kurbetrieb, aber das Wesen des Wasserhäuschens besteht gerade darin, daß es eben keine Halle besitzt. Seine Gäste trinken unter freiem Himmel, und sie trinken kein Wasser, aber all diese möglichen Mißverständnisse hört das Frankfurter Ohr nicht mit. Man weiß hier ganz genau, was den Menschen an einem Wasserhäuschen erwartet.

Wer beim Wasserhäuschen Superlative sucht, kann leicht ratlos werden. Gewiß, es ist das schmutzigste Wasserhäuschen, das vollgestopfteste, überheizteste, trostloseste, abweisendste, ausverkaufteste, verlassenste Wasserhäuschen denkbar, und das Wasserhäuschen, das hier ins Visier genommen werden soll, besitzt von allen genannten Superlativen auch ein wenig; vor allem aber könnte man es in seiner stillen Lage am Holzhausenpark als Frankfurts vornehmstes Wasserhäuschen bezeichnen.

Von weitem hat es mit seiner ausgestellten Markise tatsächlich etwas sommerlich Strandpromenadenhaftes, ein langgestreckter Pavillon auf dem Alleestreifen, der die breite Straße in zwei Teile teilt. Schöne Gründerzeithäuser blicken auf das Wasserhäuschen zu ihren Füßen herab. Nur selten öffnen sich ihre quietschenden Eisentore, um einen Menschen zu entlassen. Die Häuser bewohnen sich selbst. Ihre Besitzer halten sich an anderen Wohnsitzen auf, aber die Buchsbaumrabatten im Vorgarten sind sorgfältig beschnitten.

Womit sollte das Wasserhäuschen eine solche Umgebung beliefern können? Das Wasser wird hier angeliefert, in den Kellern ruhen alte Weinflaschen, das Rauchen haben sich die wohlhabenden Leute längst abgewöhnt; nur der hustende alte Herr, der zu Haus nicht mehr rauchen darf, steht gelegentlich am Wasserhäuschen und versorgt seinen Lungenkrebs mit Teernachschub. Er ist hier ebensosehr Fremdkörper wie die philippinischen, polnischen und schwedischen Au-pair-Mädchen, die saubergewaschene blonde Kinder in einen kleinen Park führen und rotznasige, vor sich hin heulende Kinder wieder nach Hause bringen. Am Wasserhäuschen kaufen sie Eis, das die Kinder gebieterisch fordern, um es dann halb aufgelutscht in den Staub zu werfen. Auch die gedrückte, mäßig um Unauffälligkeit bemühte Drogenszene entsendet nur selten Vertreter zum Wasserhäuschen. Süchtige schätzen das gesunde Leben; an solche Leute wird dann tatsächlich einmal eine Flasche Wasser verkauft.

Der eigentliche Kreis am Wasserhäuschen besteht aus fünf bis sechs Männern. Sie kommen von weit her, um sich rund um den Schalter zu versammeln. Einige haben ihre gesamte Habe mitgebracht, die sie in gewisser Entfernung auf einer Parkbank lagern, aber stets im Blick behalten: Tütenberge, Taschenagglomerationen, verschnürte Pakete, aus denen buntes Zeug hervorquillt. Einer hat seine Gepäcklast auf einen Einkaufswagen geladen, dessen kleine Räder nur schwer die Bordsteine überwinden. Zum Glück ist die Stadt inzwischen weitgehend rollstuhlgerecht gemacht worden, aber wenn einmal ein Bordstein nicht abgesenkt worden ist, erhebt der Mann mit dem Einkaufswagen über solche Schlamperei laut klagend seine Stimme.

Kein Hindernis vermag ihn aber vom pünktlichen Eintreffen am Wasserhäuschen abzuhalten. Daß die anderen schon da sind, verstimmt ihn etwas. Er hält sich abseits und blickt scheel zu ihnen hinüber. «Ihr müßt immer nur reden und reden und reden», ruft er einmal scharf in die Runde. Aber es dreht sich niemand zu ihm um, nicht aus Desinteresse, sondern weil alle Männer so dick eingepackt sind, daß sie ihre Hälse nicht mehr wenden können. Es ist der kälteste Tag des Dezembers an diesem vornehmsten Wasserhäuschen.

Der Mann im Innern des Häuschens hat seine Luke verschlossen und nimmt anders als an den wärmeren Tagen nicht an der Unterhaltung teil. Er stammt aus Pakistan und spricht eine Art Pidgin-Frankfurterisch. In seinem Häuschen ist es warm; die Scheibe ist beschlagen, aber dahinter schimmert es traulich golden. Wer in das Wasserhäuschen blickt, muß es für einen Riesenfuchsbau halten, ein Warenlager, das eines Abdias würdig wäre. Wer weiß, ob sich hinter den Paketstapeln nicht auch ein aphrodisischer Bezirk für die verborgenen Frauen des Pakistani befindet. Es ist immer ein Auftauchen wie von weit her, wenn er sich der Scheibe nähert. Seine Miene ist mißtrauisch, er teilt eher zu, als daß er Geschäfte abschlösse.

In der ausgestorbenen breiten Straße mit ihren kahlen Kastanien ballt sich das Leben am Wasserhäuschen. Wie große Hummeln um das Einflugloch eines Bienenkorbs drängen sich die Männer. Das warme Licht aus dem Innern des Häuschens muß als Ersatz für ein Feuerchen dienen. Ein richtiges Feuerchen darf man nicht machen. Ein Mann hat vorhin versucht, den Papierkorb am Verkehrsschild anzuzünden; in dem kalten Wind wäre der Gestank erträglich gewesen, aber da kam der Pakistani sofort böse aus dem Häuschen gelaufen. Wenn die Männer vor einem Wesen Respekt haben, dann vor ihm. Niemand hält es lange durch, den Pakistani zu reizen. Der Pakistani hat unter den Gästen seine Büttel, er muß gar nicht selber schimpfen. Wenn er die Stirn runzelt, hebt ein hohläugiger Unrasierter seine strafende Stimme.

Nicht nur der Kälte wegen tragen die Männer Mützen, sie setzen sie auch im Hochsommer auf. Eine Skimütze hat die phrygische Form, aber der Jakobiner darunter ist friedlich. Seit Tagen spricht er von der Reise, die ihm unbestimmt bevorsteht. «Ich muß nach Hildesheim rauf, ich muß mal wieder gucken, was die Hildesheimer machen.» «Du warst ja noch nie in Hildesheim», sagt ein anderer mit auberginefarbener Pudelmütze und gleichfarbigem Gesicht. Den ganzen Kosmos möchte der Jakobiner zum Zeugen anrufen, Himmel und Erde sollen bezeugen, daß er oft, eigentlich sogar immer, gestern noch, vielleicht sogar heute schon wieder in Hildesheim bei den Hildesheimern war und sein würde.

So kalt das Bier ist, es ist doch wärmer als der Wind. Ein Stoß eisiger Luft läßt allen Zank zu Rauhreif erstarren. Aber noch denkt keiner der Männer an Aufgeben. Die Geschäftigkeit und Zielbewußtheit, mit der sie das entlegene Wasserhäuschen angestrebt haben, bindet sie. Dies Stehen an dem engen Einflugloch ins mollig warme Büdchen ist ihre Arbeit. Es ist ein tätiges Warten, ein Kampf mit der Zeit, die sich in ihrer Zähigkeit nicht totschlagen lassen, sondern die mit Ausdauer niedergerungen werden will.

In der Kälte achtet jeder darauf, sich sowenig wie möglich zu bewegen, damit der Frost nicht unversehens durch einen sich öffnenden Spalt unter die Kleider kriechen kann. Im Sommer dagegen kann es hier heftiger zugehen.

Einmal warf der Auberginenfarbene beide Arme in die Luft und stieß röhrende Laute aus, so daß die Au-pair-Mädchen mit den Kinderwagen furchtsam eine große Kurve um das Wasserhäuschen zogen. Nötig wäre das nicht gewesen, denn die Männer nehmen sie nicht wahr, sie sehen nur ihresgleichen. Der Mann, der im Sommer zu ihnen gestoßen war und immer über «den Betrug mit Jesus» sprechen wollte, gehörte nicht ganz zu ihnen, er wohnte in einem der umliegenden Häuser. Im Zorn hatte ihn einer gestoßen. Der Mann fiel um und war tot. Der Pakistani schüttelte streng den Kopf. Ein gutes Andenken hat man dem toten Mann bewahrt. Wie jeden Tag fragt auch heute der Hohläugige vorwurfsvoll, ob einer von ihnen wenigstens auf der Beerdigung gewesen sei. «Beerdigt wird so einer nicht», sagt der Jakobiner dann ernsthaft wie ein weiser alter Zwerg. «Solche Leute kommen in die Anatomie.»

16

Fleisch ohne Ende

Deutschlands längste Bratwürste werden in Sulzfeld produziert *Von Oliver Fuchs*

In München steht ein Hofbräuhaus. In Nürnberg steht ein Bratwursthäusle. Damit ist der grundlegende Unterschied zwischen dem Volksstamm der Bayern und dem der Franken benannt. Was dem Bayern sein Bier, ist dem Franken seine Wurst. In beiden Fällen geht es nicht um Nahrung, sondern um etwas ganz anderes: um Heimatpflege, um kulturelle Identität. Der Bayer erkennt sich selbst, wenn er in einen Maßkrug schaut, der Franke weiß, wer er ist, wenn er eine Wurst sieht. In Nürnberg gibt es Historiker, die nichts anderes tun, als den Ursprung der Rostbratwurst zu erforschen, und Statistiker, die errechnet haben, daß der örtliche Ausstoß in einem Jahr allein – eine Milliarde Würste – aneinandergereiht eine Strecke ergibt, die zweimal um den Erdball reicht. Nürnberger Rostbratwürste sind acht Zentimeter lang – nur echt, wenn sie in der Semmel verschwinden. Original Coburger Würste erkennt man daran, daß sie exakt dreimal so lang sind wie eine Semmel. Und in Sulzfeld am Main kommt der Rekord auf den Tisch: meterlange Bratwürste. Wahnsinn! Für die einen ist es Wurst, für die anderen die längste Praline der Welt.

Ein echt deutsches Phänomen, davon gehen wir jetzt mal aus, schließlich liegt Sulzfeld in Unterfranken, und Unterfranken liegt ungefähr in der Mitte von Deutschland. Also, los geht's. Eine Reise into the heartland. Mitten ins deutsche Herz. Wir fahren durch Mainfranken, auch Weinfranken genannt, eine sanft gewellte, lustig hügelige Landschaft, die aussieht, als hätte Gott beim Schöpfungsakt ein paar Schoppen zuviel getrunken. Auch der Main schlägt Haken und Bögen, wie ein leicht angetrunkener Mopedfahrer, es gibt ein Maindreieck, ein Mainviereck, eine Mainschleife. Sulzfeld liegt am Südzipfel des Maindreiecks und sieht von weitem aus wie die perfekte Disneyworld-Märchencity. Die Stadtmauer: eine blitzblanke Zahnreihe aus Türmchen und Giebelchen, keine einzige Plombe. Hier wird offensichtlich nach jeder Mahlzeit gründlich geputzt. Wir parken das Auto am Fluß, der aussieht wie gemalt, auf einer Wiese, die aussieht wie gemalt, und nähern uns einer Häuserzeile, die aussieht wie gemalt. Vorsichtiger Blick durchs Obere Maintor: Hallo, ist da jemand? Es würde einen nicht wundern, wenn dahinter nur ein paar Eisenstangen angebracht wären, damit die Kulisse nicht umfällt.

Aber Sulzfeld existiert, und schon nach wenigen Schritten finden sich die ersten Hinweise auf Würste. Vorm Gasthaus «Zum Löwen» hängt ein Schild mit der Aufschrift «Das Geburtshaus der Meter-Bratwurst», schräg gegenüber reklamiert der «Ratskeller», der «Erfinder der Meterbratwurst» zu sein. Wie kann das sein? Ein listig aussehender Mann mit Blut oder Bratensoße an der Schürze hat die Erklärung. Gottfried Stark, der «Ratsstuben»-Wirt, sagt, sein Vater habe die Meterbratwurst erfunden, aber eben nicht in der «Ratsstube», sondern während seiner Dienstzeit als Interimswirt im «Löwen». Vor fast genau fünfzig Jahren kehrten dort hungrige Ruderer aus Würzburg ein und bestellten Bratwürste, einer der Sportler soll so begeistert gewesen sein, daß er ausrief: «Davon könnte ich einen Meter essen.» Und dann sei der Papa halt in die Küche gegangen und kurz darauf mit einer Meterbratwurst zurückgekommen. Von diesem Papa haben wir gleich ein Bild im Kopf: unerschrockener Pionier der Nachkriegszeit, Tüftler und Bastler und – ja klar – ein Poet. Er hat aus einer Metapher eine Wirklichkeit erschaffen.

«Der Papa hätt's gleich patentieren lassen sollen», sagt Stark. Denn die Sache hat sich schnell herumgesprochen im Umkreis. Stark holt ein Album aus seiner Kommode mit Archivmaterial, das die Wirkungsgeschichte der Wurst dokumentiert. «Zu einem kleinen Bratwurstparadies hat sich die Gemeinde Sulzfeld entwickelt», schrieb die Heimatzeitung «Volksblatt» am 4. 10. 69, und das Branchenblatt «Fleischer-Zeitung» setzte noch eins drauf und ernannte Sulzfeld zum «Schlaraffenland der Wurstesser». Paradies, Schlaraffenland, nun ja – jedenfalls wurde die Wurst zum überregional ausstrahlenden Erfolgsmodell. Eben waren wieder zwei Fernsehteams bei Stark und ein Reporter von dpa, regelmäßig kommen Touristenbusse. Damit der Massentourismus nicht überhandnimmt, hat die Gemeinde auf dem neuen Dorfplatz lieber mal nur acht Stellplätze für Busse eingeplant.

Das letzte, was die 1400 Einwohner gebrauchen können, sind Horden von Eindringlingen, die lärmend durch die Gassen ziehen, kilometerweise Bratwurst essen und vielleicht auch noch erwarten, daß es Souvenirshops gibt, in denen T-Shirts, Tassen und Bettwäsche mit dem offiziellen Wurst-Logo verkauft werden. Die Sulzfelder sind ruhebedürftig, Lärm hat es in der Vergangenheit genug gegeben. In der Gaststube informiert eine Ortschronik darüber, daß die Gemeinde im Dreißigjährigen Krieg zweimal «von den Schweden besetzt und schwer in Mitleidenschaft» gezogen wurde, im Jahr 1796 «brandschatzten französische Revolutionstruppen». Weil keine Lesezirkel-Zeitschriften herumliegen, liest man weiter auf der Tafel und beginnt gerade, sich in die fränkische Psyche einzufühlen (1805: Napoleon spricht Sulzfeld dem Königreich Bayern zu, später fällt ganz Franken in bayerische Hände – ein herber Schlag, eine Demütigung!) – da kommt schon die Wurst auf den Tisch. Schneckenförmig liegt sie da, die Oberfläche ist leicht wellig. Wellig – wie das Land, so die Wurst. Das Innere schmeckt fleischiger als bei herkömmlichen Bratwürsten, würziger, voller – die Wurst ist mehr Braten als Wurst. Aber es ist überhaupt kein Problem, einen Meter davon zu essen.

«Der Papa hätt's gleich patentieren lassen sollen», sagt Stark noch mal. Und es scheint ihn wirklich zu ärgern, daß jeder dahergelaufene Wirt Sulzfelder Meterbratwürste herstellen darf, in Würzburg gibt es welche, sogar in München, was natürlich ein Affront ist, wenn man bedenkt, daß die fränkische Identität eine fragile ist. Unter den deutschen Südländern sind die Franken die Nordlichter: von den Bayern als Preußen verspottet, vom Rest der Republik als Bayern verlacht. Das drückt aufs Gemüt.

Wir ziehen weiter durch die Gassen und bekommen dieses Lied von Helge Schneider einfach nicht aus dem Kopf: «Bonbon aus Wurst, riesengroß, Bonbon aus Wurst, ganz famos». Wir denken darüber nach, ob sich das deutsche Thema Wurst nicht geradezu leitmotivisch durch das Werk dieses vielleicht deutschesten Künstlers zieht, spontan fällt uns noch der Song «Wurstfachverkäuferin» ein, wo es im Refrain heißt: «Ja, die Wurst ist, ja, die Wurst ist, ja, die Wurst ist mein Lebenssinn.» Mittlerweile haben wir wieder Hunger bekommen, beim Gasthaus Stern bestellen wir noch eine Meterbratwurst. Die schmeckt noch besser als in der «Ratsstube», hat mehr Biss, ist gröber, also fränkischer. Wir sind stolz darauf, an einem Tag zwei Meter geschafft zu haben. «Der Rekord liegt bei 5,60 Meter», dämpft der freundliche Wirt das aufkommende Triumphgefühl. 5,60 Meter klingt natürlich eindrucksvoll – wie lang ist eigentlich der menschliche Darm? Wir erfahren, daß es für Rekordversuche in Sulzfeld ein Regelwerk gibt: Man bekommt zwei Stunden Zeit, man darf den Raum währenddessen nicht verlassen, man muß eine Beilage essen, Kartoffelsalat oder Kraut. Immer wieder kommen Fremde und stellen sich das so leicht vor. Der letzte, der es versucht hat, mußte nach 42 Minuten und 1,35 Meter aufgeben. «Durch das überhastete Tempo am Anfang», analysierte die «Main-Post», verbrauchte der Wettkämpfer frühzeitig Kraftreserven, bald «dämmerte ihm die Aussichtslosigkeit seiner Lage, aus der ihm auch das Lockern des Gürtels nicht heraushelfen konnte». Eine solche Blamage wollen wir nicht riskieren. Wir trinken Wein und gehen früh ins Bett. Nachts träumen wir vom Schlaraffenland. «Die Türen und die Wände der Häuser sind von Lebkuchen und die Balken von Schweinebraten», so steht es im Märchen geschrieben. «Und um jedes Haus steht ein Zaun, der ist von Bratwürsten geflochten.»

17

||||||||||||||||| **Seid umschlungen, Müllionen**

Ein Besuch in Halle-Lochau, auf der größten Deponie der Republik ***Von Sonja Zekri*** |||||||||||

Als erstes sieht man Rehe, ganze Rudel. Dann Hasen und Fasane. Im Unterholz wühlen Wildschweine, und zwischen den Birkenstämmen, die sich an den Rand des Kraters klammern, stehen Hochsitze: Die größte Deponie Deutschlands, das Loch in Halle-Lochau, hat zwei Jagdpächter. Müll und Wild finden natürlich zueinander. In Kalifornien haben Naturschützer vor Jahren Condore ausgewildert: Die Greifer peilten als erstes eine Müllkippe an.

Frau Lusanow hat bei Leuna gearbeitet (wie Zehntausende andere hier), wurde dann arbeitslos (wie Zehntausende andere hier), hat nach einem Praktikum wieder einen Job gefunden (wie nur wenige) und sieht hinterm Steuer noch kleiner aus als sonst. Als ihr Jeep die gewundene Straße hinabrollt, wird er von einem turmhohen Müllwagen geschnitten, der schwankend und schlingernd die Serpentinen herunterrast. «Oft kippt ein Wagen um, aber glauben Sie, da fährt mal einer langsamer?» schimpft sie. Ein paar hundert Meter Luftlinie entfernt, auf der gegenüberliegenden Seite der Grube, wirken die Laster winzig wie rasende Käfer. Dazwischen gähnt ein Loch von 305 Hektar Gesamt- und 60 Hektar Ablagerungsfläche, in dem sich eine Kleinstadt versenken ließe. In fast 30 Jahren ist in der einstigen Braunkohlensenke eine Landschaft gewachsen mit Tümpeln und Canyons, Hügeln und Mikroklima: ein Kosmos aus 20 Millionen Kubikmetern Abfall.

Müll ist eine deutsche Leidenschaft, vielleicht die deutscheste. Welches andere Volk teilt seine Wohnung freiwillig mit vierzehn verschiedenen Behältern für Dreck? Wer sonst spachtelt im Hochsommer fermentierte Speisereste in eine wurmumtoste Biotonne? Wer liest Kindern Bücher mit dem Titel «Ene, mene, Müll» vor? Und vor allem: warum?

Inzwischen hat der Gestank den Weg in den Jeep gefunden: eine herbsüße Mischung, irgendwo zwischen Ammoniak und Fallobst. Aber Frau Lusanow hat als Chemikerin natürlich schon Schlimmeres gerochen: «Das ist nur frischer Müll», tröstet sie. Meist tarnt Schlamm die Natur dieses Ortes. Aber unten im Kessel, wo der Jeep auf eine Schotterpiste rumpelt, klafft die Kruste auf, und der Müll stößt an die Oberfläche.

Müll ist menschlich. Nicht umsonst spricht man vom «Deponiekörper» oder von einer «Nachsorgephase» für die Zeit nach der Stillegung. Frischer Müll ist unruhig. Wird er nicht kompakt geschichtet, bleibt er weich und bietet eine trügerische Oberfläche. Älterer Müll erwärmt sich, wenn er verrottet. Er scheidet Kohlendioxid und Methan aus, das in einer grauen Wellblechbaracke unter infernalischem Dröhnen verstromt wird und Halle leuchten läßt. Und er verliert schwarzes, fauliges Sickerwasser, das sich unter einer Kiesschicht sammelt, über Rohre in zwei eckige, doppelt abgedichtete Teiche gepumpt wird: eine schaumige Brühe, die irgendwann ins Klärwerk kommt. Und der Klärschlamm landet wieder auf der Deponie. Auch Müll macht Müll. Ist es das, was uns einander nahebringt?

Am Ende der Müllterrasse, wo die Wagen schwungvoll frische Haufen abkippen, die gelbe «Kompaktoren» mit breiten Schaufelschnauzen verteilen und mit Dornenrädern verdichten, ganz hinten, wo das Plateau jäh abfällt, leuchtet ein überraschend klares Orange im Zwielicht. Das ist die Jacke von Frau Nitzer. Sie ist «Einweiserin», kontrolliert, daß die Autos nicht den Abhang runterfallen und keinen Asbest abkippen, wenn Gartenabfälle angekündigt sind. Manchmal versorgt sie verletzte Fahrer; erst unlängst fuhr einem beim Öffnen der Tür eine Eisenstange in die Stirn. Sie steht acht Stunden am Tag in Bauschutt, Gemüsematsch, wehenden Plastikfetzen, und sie liebt ihren Job. Weil sie in der Männerwelt gut klarkommt, wo man sie den «Eiskalten Engel» nennt, weil sie kein Büromensch ist und weil es ein Job ist: «Früher haben die Leute komisch geguckt. Heute finden sie toll, daß ich überhaupt Arbeit habe», sagt sie. Ihr Mann ist Entsorgungschef auf der Deponie, die Tochter lernt im Zweigbetrieb: drei von 85 Angestellten und 17 Auszubildenden. Mitte der Achtziger war hier nur ein Viertel der Belegschaft beschäftigt. Für den anhaltinischen Arbeitsmarkt ist Lochau Gold wert.

Ein Fahrer versucht seit zwei Tagen, eine gefrorene Ladung Folien loszuwerden. Er hebt den Container, wartet, wackelt, senkt ihn wieder. Das Zeug klebt bombenfest. Irgendwann gibt der Fahrer auf, und als er wegfährt, schleift der Wagen schmutzige Fetzen wie Eingeweide hinter sich her. Vierhundert Autos rollen pro Tag durch das himmelblaue Eingangstor der Deponie. Sie passieren Waagen, Kontrollhäuser, Stichprobenentnahme und kassieren Begleitscheine mit Hinweisen zur Verkehrsordnung. Es ist wie die Einreise in ein fremdes Land.

Im Reich des Mülls gelten strenge Regeln, und im Strengeregelnaufstellen waren wir schon immer gut. Kaum ein Land hat kompliziertere Müllgesetze. Generationen von Abgeordneten haben Verordnungen, Gesetze und Richtlinien erlassen und das Milliardengeschäft mit dem Abfall so transparent gemacht wie eine Sickergrube. Achthundert Arten Müll kennt die EU, schon eine Sorte läßt sich zur reiner Entsorgungslyrik kompilieren:

«Rotschlamm,
Bohrschlamm,
Sulfitschlamm,
wäßrige Schlämme, die Druckfarben enthalten,
wäßrige Schlämme, die Klebstoffe enthalten,

Schlämme aus der Wasserklärung,
Schlämme aus der Kesselspeisewasseraufbereitung,
Fäkalschlamm.»

In drei Jahren aber werden sich die Menschen in Döllnitz nicht mehr über den täglichen Müllkonvoi beschweren, denn in drei Jahren ist alles vorbei: Mitte 2005 wird die Deponie laut Abfallablagerungsverordnung stillgelegt, anschließend vierzig Jahre lang beobachtet und am Ende sich selbst überlassen. Wie das gehen soll, weiß heute noch niemand, denn Deutschlands größte Deponie hat einen Geburtsfehler: Sie liegt unterhalb des Grundwasserspiegels. Nicht sehr viel, aber tief genug, daß das Grundwasser alle Schwermetalle und Gifte ausschwemmen würde, sobald man die Pumpen abstellte. Umweltschützer finden deshalb, man hätte die Deponie längst stillegen sollen, am besten schon bei der Inbetriebnahme und spätestens nach der Wende. Der Spiegel nannte die Grube die «größte Ökozeitbombe» Deutschlands, die mit ihren Billigangeboten eine «Müllsternfahrt» provoziert habe. Das Angebot an Abfall ist umkämpft, auch in Halle wird der Hausmüll immer weniger.

Die Geschäftsführerin von Halle-Lochau, Monika Rapthel, gibt sich einsichtig, aber tapfer: Längst sei man nicht mehr die billigste Deponie, da gäbe es ganz andere, sagt sie. Und dann erzählt sie von Millionensummen für Umweltschutzmaßnahmen, von den Schwierigkeiten «subaquatischer Deponien», von «hydraulischer Modellierung» und ihrem neuesten Projekt, das aus der Not ein Forschungszentrum machen soll, ein Kompetenzteam für die Stillegung ertrinkender Deponien. Forscher, Ingenieure, Vertreter des Bundes und des Landes sollen das Ende von Halle-Lochau begleiten und erforschen. Soll man das Grundwasser in Gräben leiten? Den Deponiekörper einmauern? Aber was wird dann mit dem Gas? Die größte Deponie der Republik ist ein Projekt auf Zeit. Vielleicht siedeln sich Ingenieurbüros in Halle an, vielleicht wird man das Know-how vermarkten können.

Monika Rapthel hat Rücklagen in Millionenhöhe bilden lassen. Das Geschäft mit dem Müll hat gerade erst begonnen.

Mit der Stillegung wird die Deponie ihre eigentliche Aufgabe bekommen. Denn in Wahrheit ist die umkämpfte Grube ein Zeitspeicher, ein Archiv für 25 Jahre deutsches Leben. Eines Tages werden Forscher bei Überflügen in Halle-Lochau ein archäologisches Juwel entdecken und aus den Ablagerungen unsere Lebensgewohnheiten rekonstruieren: In den untersten Schichten ruhen die Herbizid- und Pestizidreste aus der DDR, darauf die Nachwende-Sedimente – Kühlschränke, Autoreifen und Meißner Porzellan –, ganz oben, in exakten Quadranten, die peinlich getrennten Reste der Gegenwart. Und sie werden wissen: Diese Gesellschaft war besessen von dem, was von ihr blieb.

Vielleicht liegt darin das Geheimnis der deutschen Mülleuphorie: im Wissen, daß die Spaltprodukte unserer Existenz ein unkontrollierbares Eigenleben entwickeln können und daß man das Abbaubare vom Unauflöslichen trennen muß, um nachfolgende Generationen zu schützen. Diese Erkenntnis hat mit Umweltbewußtsein zu tun. Aber nicht nur.

Die Autoren

Thomas Brussig, geboren 1965 in Berlin, arbeitete u. a. als Baufacharbeiter, Reiseleiter und Hotelportier und studierte Soziologie in Berlin und Dramaturgie an der Filmhochschule Konrad Wolf in Potsdam. Er lebt als freier Autor in Berlin. Für sein Drehbuch zu «Sonnenallee» bekam er den Drehbuchpreis der Bundesregierung.

John von Düffel, geboren 1966 in Göttingen, war als Theater- und Filmkritiker, als Hörspielautor, Dramatiker und Übersetzer tätig. Er arbeitet als Dramaturg am Schauspielhaus Bonn. Für sein Debüt «Vom Wasser» wurde er mit dem Aspekte-Literaturpreis ausgezeichnet.

Julia Encke, geboren 1971, studierte Literaturwissenschaften in Freiburg, Toulouse und München und promovierte über den «Gefährlichen Augenblick» im Ersten Weltkrieg. Sie ist Mitarbeiterin im Feuilleton der Süddeutschen Zeitung.

Oliver Fuchs, geboren 1969, ist fester Mitarbeiter des Feuilletons der Süddeutschen Zeitung.

Wladimir Kaminer, geboren 1967 in Moskau, studierte Dramaturgie am Moskauer Theaterinstitut. Er lebt seit 1990 als Schriftsteller in Berlin und organisiert im Berliner «Kaffee Burger» Veranstaltungen wie etwa die «Russendisko».

Den Beitrag «Äpfel, Sushi, Mandelkern» entnehmen wir dem Band «Mein deutsches Dschungelbuch», erschienen im Wilhelm Goldmann Verlag, einem Unternehmen der Verlagsgruppe Random House. © 2003 Wladimir Kaminer.

Steffen Kopetzky, geboren 1971 in Pfaffenhofen an der Ilm, war als Schlafwagenschaffner tätig, bevor er seinen ersten Roman «Grand Tour oder die Nacht der Großen Complication» publizierte. Er schreibt heute u. a. für den Rundfunk, verfaßt Theaterstücke und Opernlibretti und lebt in Berlin-Neukölln. 1997 erhielt Kopetzky den Ingeborg-Bachmann-Preis.

Christian Kortmann, geboren 1974, lebt in München und hat gerade sein erstes Buch «Urban Safari. Expeditionen in die populäre Kultur» veröffentlicht.

Sibylle Lewitscharoff, geboren 1954 in Stuttgart, studierte Religionswissenschaften in Berlin und lebte in Buenos Aires und Paris. Sie wohnt heute in Berlin, schreibt u. a. Radiofeatures und Hörspiele und hat ein Grammatik-Brettspiel erfunden. Für ihren Roman «Pong» erhielt sie 1998 den Ingeborg-Bachmann-Preis.

Martin Mosebach, geboren 1951, ist Schriftsteller und lebt in Frankfurt am Main. 1999 erhielt er den Heimito-von-Doderer-Preis und 2002 den Kleist-Preis.

Annette Pehnt, geboren 1967 in Köln, war als Sozialarbeiterin in Belfast tätig, bevor sie Anglistik, Keltologie und Germanistik studierte und über irische Literatur promovierte. Sie arbeitete u. a. als Rezensentin und lebt heute als freie Autorin in Freiburg.

Alex Rühle, geboren 1969, studierte Literaturwissenschaften und arbeitete als Klinikclown in Münchner Krankenhäusern. Heute ist er Redakteur im Feuilleton der Süddeutschen Zeitung.

Jochen Schmidt, geboren 1970 in Berlin, studierte dort Informatik, Germanistik und Romanistik und lebt dort heute als freier Schriftsteller. Jede Woche liest er in der Berliner «Chaussee der Enthusiasten».

Oliver Maria Schmitt, geboren 1966 in Heilbronn, war langjähriger Chefredakteur des Satirejournals «Titanic» und schrieb u. a. mit Arne Nannestad das Kult-Musical «I want to hold your Hendl».

Martin Z. Schröder, geboren 1967 in Berlin (Ost), hat sich in Berlin als Schweizerdegen mit einer kleinen Akzidenzdruckerei selbständig gemacht und arbeitet zudem als Journalist.

Michael Winter, geboren 1946, ist freier Journalist und Schriftsteller und lebt in Koblenz und auf Teneriffa.

Juli Zeh, geboren 1974 in Bonn, studierte Jura in Passau und Leipzig und ist heute freie Schriftstellerin. Sie erhielt u. a. die Bremer und Rauriser Literaturpreise und den Deutschen Bücherpreis 2002 für das «Erfolgreichste Debüt».

Sonja Zekri, geboren 1967 in Dortmund, studierte in Bochum Geschichte und Slawistik. Heute arbeitet sie als Feuilletonredakteurin bei der Süddeutschen Zeitung.

Aus dem Verlagsprogramm

Andrea Köhler (Hrsg.)

Kleines Glossar des Verschwindens

Von Autokino bis Zwischengas

Lauter Nachrufe

2003. 128 Seiten. beck'sche reihe

In unserer Lebenswelt verschwinden mehr Dinge – und das mit ihnen verbundene Stück Leben – als neu hinzukommen, und wir vergessen überdies, was uns entschwindet. Das können ganz unspektakuläre Dinge sein, eine bestimmte Bewegung, eine Geste der Höflichkeit eine von der Not erfundene Speise, Markenartikel und unterschiedliche Dienstleistungen und natuürlich all die technischen Gegenstände, die inzwischen jede Biographie nach ihren jeweils neuesten Gerätschaften lesbar machen. Daß die Welt enger wird mit jedem Tag und alles sich anscheinend immer ähnlicher, ist die Erfahrung, die hinter dem «Kleinen Glossar des Verschwindens» steht. In den Beiträgen von Peter Nádas, Adolf Muschg, Brigitte Kronauer, Judith Kuckart, Péter Esterházy, Ulrike Draesner, Moritz Rinke u. v. a. wird das Verschwundene noch einmal beschworen, Zäune, Hakenleisten, Radio Beromünster, die Stenorette oder das Taschentuch.

Verlag C. H. Beck München